TRANZLATY

La Langue est pour tout le Monde

Jazyk je pro každého

La Métamorphose

Proměna

Franz Kafka

Français
Čeština

www.tranzlaty.com

Première partie
První část

Gregor Samsa se réveilla un matin après des rêves agités.
Řehoř Samsa se jednoho rána probudil z neklidných snů.
Il se retrouva dans son lit, incapable de bouger.
Zjistil, že ležel ve své posteli, ale nemohl se pohnout.
Il avait été transformé en un monstre vermineux.
Proměnil se v obludnou havěť.
Il était allongé sur le dos, une carapace dure comme une armure.
Ležel na zádech, která byla tvrdá jako brnění.
En relevant légèrement la tête, il pouvait voir son ventre.
Když trochu zvedl hlavu, mohl si prohlédnout břicho.
Mais son ventre était bombé et divisé en segments.
Ale jeho břicho bylo klenuté a rozdělené na segmenty.
La couverture reposait sur son ventre arrondi.
Deka spočívala na jeho zakulaceném břiše.
Mais la couverture était sur le point de glisser complètement.
Ale deka už skoro úplně sklouzla dolů.
Ses jambes étaient pitoyables comparées à leur taille habituelle.
Jeho nohy byly ve srovnání s jejich obvyklou velikostí ubohé.
Et ses nombreuses pattes s'agitaient impuissantes devant ses yeux.
A jeho mnoho nohou se mu bezmocně mihotalo před očima.
« Que m'est-il arrivé ? » se demanda-t-il.
„Co se se mnou stalo?" pomyslel si pro sebe.
Mais ce n'était pas un rêve dont il ne pouvait se réveiller.
Ale nebyl to sen, ze kterého by se nemohl probudit.
Il se trouvait bel et bien dans sa propre chambre.
Opravdu se ocitl ve svém vlastním pokoji.
Une vraie chambre pour des humains, mais un peu trop petite.
Skutečný pokoj pro lidi, ale jen trochu moc malý.
Il gisait tranquillement entre les quatre murs bien connus.

Tiše ležel mezi čtyřmi dobře známými zdmi.

Sur la table se trouvait une collection d'échantillons de textiles.

Na stole byla sbírka vzorků textilu.

Samsa était un vendeur ambulant, d'où les échantillons.

Samsa byl obchodní cestující, proto ty vzorky.

Au-dessus des échantillons de textile désassemblés se trouvait une image.

Nad rozloženými vzorky textilií byl obrázek.

Il avait récemment découpé la photo dans un magazine.

Nedávno si obrázek vystřihl z časopisu.

Il avait placé le tableau dans un joli cadre doré.

Vložil obraz do krásného, pozlaceného rámu.

Le tableau encadré représentait une dame assise bien droite.

Zarámovaný obraz zobrazoval vzpřímeně sedící ženu.

Elle portait un chapeau de fourrure et un manchon de fourrure.

Měla na sobě kožešinovou čepici a na hlavě kožešinovou mušli.

Elle levait la main en direction du spectateur.

Zvedla ruku k divákovi obrazu.

Son avant-bras entier disparaissait dans son épais manchon de fourrure.

Celé její předloktí zmizelo v těžké kožešinové mufně.

Gregor regarda par la fenêtre le temps maussade.

Gregor se podíval oknem na pochmurné počasí.

On pouvait entendre les grosses gouttes de pluie frapper la fenêtre.

Bylo slyšet, jak silné kapky deště narážejí do okna.

Le temps gris le rendait très mélancolique.

Šedivé počasí v něm vyvolávalo velmi melancholický pocit.

« Et si je dormais un peu plus longtemps ? » pensa-t-il.

„Co kdybych si ještě trochu déle pospal?" pomyslel si.

« Dormir davantage m'aiderait peut-être à oublier ces bêtises. »

„Další spánek by mi mohl pomoci zapomenout na tenhle nesmysl."

Mais dormir plus longtemps était totalement impossible.
Ale spát déle bylo naprosto nemožné.
Parce qu'il avait l'habitude de dormir sur le côté droit.
Protože byl zvyklý spát na pravém boku.
Mais son état actuel l'empêchait d'effectuer ses mouvements habituels.
Jeho současný stav mu ale bránil v obvyklých pohybech.
Il n'avait aucun moyen de se retrouver dans cette situation.
Neměl žádnou možnost se do této pozice dostat.
Il fit de son mieux pour se jeter sur son côté droit.
Snažil se ze všech sil převrátit na pravý bok.
Il a probablement tenté ce mouvement une centaine de fois.
Pravděpodobně se o tento pohyb pokusil stokrát.
Mais il revenait toujours en position couchée sur le dos.
Ale vždycky se zakymácel zpět do polohy vleže na zádech.
Il ferma les yeux pour ne pas voir ses jambes qui s'agitaient.
Zavřel oči, aby neviděl své vrtící se nohy.
Finalement, la douleur l'a empêché de réessayer.
Nakonec ho bolest odradila od dalšího pokusu.
Une douleur sourde au flanc qu'il n'avait jamais ressentie auparavant.
Tupá bolest v boku, jakou nikdy předtím necítil.
« Oh mon Dieu », pensa désespérément Gregor Samsa.
„Ach bože," pomyslel si zoufale Gregor Samsa.
« Quel métier pénible j'ai choisi ! »
"Jak namáhavé povolání jsem si pro sebe vybral!"
« Je dois voyager tous les jours pour le travail. »
"Den co den musím cestovat kvůli práci."
« Le travail de bureau est beaucoup plus facile que le travail sur la route. »
"Práce v kanceláři je mnohem snazší než práce na cestách."
« Et j'ai la malédiction de devoir voyager constamment. »
„A mám tu prokletí, že musím pořád dokola cestovat."
« Toutes ces inquiétudes liées au fait d'être à l'heure pour les trains. »
"Všechny ty starosti s tím, aby člověk stihl vlaky včas."

« Mes horaires de repas sont irréguliers et la nourriture est mauvaise. »

"Jím nepravidelně a jídlo je špatné."

« Mes amis changent constamment de ville. »

„Moji přátelé se neustále mění z města do města."

« Mes interactions sont froides et professionnelles. »

"Interakce, které mám, jsou chladné a profesionální."

«Que le diable s'amuse avec ce genre de travail !»

"Ať si ďábel užívá takové práce!"

Il ressentit une légère démangeaison en haut de l'estomac.

Ucítil lehké svědění nahoře v břiše.

Il s'appuya contre le montant du lit, le dos contre le sol.

Opřel se zády o sloupek postele.

Il voulait pouvoir mieux lever la tête.

Chtěl být schopen lépe zvedat hlavu.

Il a trouvé l'endroit qui le démangeait.

Našel to svědivé místo, které ho trápilo.

Sa tête semblait recouverte de petits points blancs.

Jeho hlava se zdála být pokrytá malými bílými tečkami.

Il ne pouvait pas dire ce que représentaient ces petits points blancs.

Co byly tyto malé bílé tečky, nedokázal říct.

Il avait prévu de toucher l'endroit avec une de ses jambes.

Měl v plánu dotknout se místa jednou nohou.

Mais lorsqu'il toucha l'endroit, il ressentit un étrange frisson.

Ale když se toho místa dotkl, ucítil zvláštní chlad.

Il a donc immédiatement retiré sa jambe.

Takže okamžitě odtáhl nohu z místa.

Il n'avait d'autre choix que d'accepter cette sensation de démangeaison.

Neměl jinou možnost, než se smířit s pocitem svědění.

Et il reprit sa position initiale dans le lit.

A vrátil se do své předchozí polohy v posteli.

«Se réveiller si tôt rend vraiment stupide.»

"Vstávání tak brzy z člověka udělá docela hloupého."

« Un homme doit dormir suffisamment », pensa-t-il.

„Člověk se musí dostatečně vyspat," pomyslel si.

« Les autres représentants de commerce mènent une vie de luxe. »

„Ostatní obchodní cestující žijí luxusním životem."

« Le matin, je transfère les ordres que j'ai reçus. »

"Ráno předávám rozkazy, které jsem dostal."

« Pendant ce temps, ces messieurs prennent encore leur petit-déjeuner. »

„Mezitím ti pánové stále snídají."

« Imaginez un peu si j'essayais de faire ça avec mon patron. »

„Jen si představ, kdybych se to pokusil udělat se svým šéfem."

«Il me licenciait avant même que j'aie fini mon petit-déjeuner.»

„Vyhodil by mě dřív, než bych dojedl snídani."

« Mais ce ne serait peut-être pas le pire non plus. »

„Ale možná by to ani nebylo to nejhorší."

«Le problème, c'est que mes parents me freinent.»

„Problém je v tom, že mě rodiče brzdí."

« Sans eux, j'aurais déjà démissionné. »

„Kdyby nebylo jich, už bych rezignoval."

« J'aurais tenu tête au patron et je lui aurais dit. »

"Postavil bych se šéfovi a řekl mu to."

« Je dirais exactement ce que je pense de lui et de son travail. »

„Řekl bych přesně, co si o něm a o té práci myslím."

« Il tomberait de son bureau si je lui racontais tout ! »

"Kdybych mu všechno řekl, spadl by ze stolu!"

« Sa façon de s'asseoir à son bureau est très étrange. »

„Je velmi zvláštní, jakým způsobem sedí u svého stolu."

« Sa façon de parler à ses subordonnés n'est pas correcte. »

"Způsob, jakým mluví se svými podřízenými, není správný."

« Et le pire, c'est que son ouïe est très mauvaise. »

„A nejhorší na tom je, že má tak špatný sluch."

«Vous n'avez donc pas d'autre choix que de vous asseoir très près de lui.»

„Takže nemáš jinou možnost, než sedět velmi blízko něj."

« Cela dit, l'espoir n'est pas encore totalement perdu. »

"Ale i přes to všechno naděje ještě není úplně ztracena."

« Je vais économiser cet argent pour rembourser les dettes de mes parents. »

"Ušetřím peníze na splacení dluhu rodičů."

« Je ne peux rien faire tant qu'ils lui doivent de l'argent. »

„Nemůžu nic dělat, dokud mu pořád dluží peníze.“

« Mais une fois la dette remboursée, je le ferai sans aucun doute. »

„Ale až bude dluh splacen, určitě to udělám.“

« Cela prendra probablement encore cinq à six ans. »

"Pravděpodobně to bude trvat dalších pět až šest let."

« Oui, alors la grande séparation aura certainement lieu. »

„Ano, pak k velkému oddělení určitě dojde.“

« Pour le moment, je dois me lever. »

„Prozatím ale musím vstát z postele.“

« Parce que mon train part à cinq heures. »

„Protože mi vlak odjíždí v pět hodin.“

Gregor regarda le réveil qui tic-tac sur la table.

Gregor se podíval na tikající budík na stole.

« Père céleste ! » pensa-t-il en regardant l'heure.

„Nebeský Otče!“ pomyslel si, když viděl, kolik je hodin.

Six heures et demie étaient déjà passées sans qu'on s'en aperçoive.

Půl sedmé už tiše uběhla a byla pryč.

Et les aiguilles de l'horloge continuaient d'avancer d'elles-mêmes.

A ručičky hodin se stále posouvaly vpřed.

Et il était presque sept heures quarante-cinq.

A teď se blížila čtvrt na sedm.

« Peut-être que le réveil n'a pas sonné ? » pensa-t-il.

„Možná mě budík nevzbudil?“ pomyslel si.

Depuis son lit, Gregor inspecta le réveil.

Gregor si z postele prohlédl budík.

Le réveil était correctement réglé sur quatre heures.

Budík byl správně nastavený na čtyři hodiny.

Il ne pouvait pas l'expliquer, mais l'alarme avait dû sonner.

Nedokázal to vysvětlit, ale musel zvonit alarm.

« Comment ai-je pu dormir sans m'en rendre compte après avoir entendu le réveil ? »

„Jak jsem mohl/a prospat budík, aniž bych to věděl/a?"

Quand elle sonne, l'alarme fait même trembler les meubles.

Když zvoní alarm, zatřese se i nábytkem.

Il savait que son sommeil n'avait pas été du tout paisible.

Věděl, že jeho spánek nebyl vůbec klidný.

Mais c'est peut-être pour cela que son sommeil était beaucoup plus profond.

Ale možná právě proto byl jeho spánek mnohem hlubší.

Il devait réfléchir à ce qu'il devait faire maintenant.

Musel přemýšlet o tom, co teď bude dělat.

Le train suivant ne partait qu'à sept heures.

Další vlak jel až v sedm hodin.

Prendre ce train serait quasiment impossible.

Chytit ten vlak by bylo téměř nemožné.

Et il n'avait pas encore emporté les textiles dont il avait besoin.

A ještě si nesbalil textilie, které potřeboval.

Il ne se sentait pas particulièrement frais et agile non plus.

Ani se necítil nijak zvlášť svěží a hbitý.

Il y avait peut-être une chance de monter dans le train.

Možná by se naskytla šance dostat se do vlaku.

Mais une réprimande du patron était inévitable de toute façon.

Ale šéfovo pokárání bylo tak či onak nevyhnutelné.

Le commis aurait pris le train de cinq heures.

Úředník by nastoupil do vlaku v pět hodin.

Le commis de bureau était une créature sans envergure, à la solde du patron.

Úředník byl bezpáteřní stvoření šéfa.

L'absence de Gregor aurait donc déjà été signalée.

Gregorova nepřítomnost by tedy již byla nahlášena.

« Et si je me faisais porter malade ? » se demandait Gregor.

„Co když se ohlásím, že jsem nemocný?" přemýšlel Gregor.

Mais ce serait extrêmement embarrassant et suspect.

Ale to by bylo krajně trapné a podezřelé.

Gregor n'avait jamais été malade pendant la période où il avait travaillé là-bas.

Gregor během své práce nikdy nebyl nemocný.

Et il leur avait déjà consacré cinq années de service.

A už jim dal pět let služby.

Il y avait de fortes chances que le patron vienne prendre de ses nouvelles.

Byla velká šance, že se na něj šéf přijde podívat.

Il amènerait probablement le médecin de l'assurance maladie.

Pravděpodobně by si přivedl lékaře ze zdravotního pojištění.

Et il blâmait les parents pour la paresse de leur fils.

A za líného syna by vinil rodiče.

Ils ne pourraient formuler aucune objection à son égard.

Nemohli by proti němu vznést žádné námitky.

Car pour lui, il n'y avait que deux sortes de travailleurs.

Protože pro něj existovaly jen dva druhy pracovníků.

Soit les ouvriers étaient en parfaite santé, soit ils rechignaient à travailler.

Buď byli dělníci zcela zdraví, nebo se práce styděli.

Et aurait-il même tort dans cette analyse de base ?

A mýlil by se vůbec v té základní analýze?

Assurément, dans ce cas précis, son argument était solide.

V tomto případě měl jistě silný argument.

Malgré son apparence, Gregor se sentait en réalité plutôt bien.

Navzdory svému vzhledu se Gregor cítil docela dobře.

Ce long sommeil inutile l'avait rendu un peu somnolent.

Zbytečně dlouhý spánek ho trochu ospalil.

Mais à part ça, il ne pouvait pas se plaindre de maladie.

Ale kromě toho si nemohl stěžovat na nemoc.

Il ressentait même une faim particulièrement forte et saine.

Dokonce cítil obzvláště silný a zdravý hlad.

Tandis qu'il nourrissait ces pensées, l'horloge sonna de nouveau.

Zatímco přemýšlel o těchto myšlenkách, hodiny znovu odbily.

Selon l'alarme, il était alors sept heures moins le quart.

Podle budíku bylo teď tři čtvrtě na sedm.
Et maintenant, on frappa doucement à la porte.
A teď se také ozvalo tiché zaklepání na dveře.
« Gregor », l'appela quelqu'un – c'était sa mère.
„Gregore," zavolal na něj někdo – byla to matka.
« Il est sept heures moins le quart », a-t-elle confirmé en entendant l'alarme.
„Je tři čtvrtě na sedm," potvrdila alarm.
« Tu ne voulais pas partir ? » demanda la douce voix.
„Nechtěl jsi odejít?" zeptal se tichý hlas.
Gregor eut peur en entendant sa voix répondre.
Gregor se vyděsil, když uslyšel svůj hlas odpovídat.
Sa voix était toujours la même.
Ten hlas byl stále ten samý hlas, který měl vždycky.
Mais une nouvelle sonorité s'était désormais mêlée à sa voix.
Ale teď se do jeho hlasu mísil nový zvuk.
Un couinement douloureux s'échappa également du plus profond de lui.
Z hloubi jeho nitra se ozvalo také bolestivé zaskřípění.
Au début, sa voix semblait former des mots avec clarté.
Zpočátku se zdálo, že jeho hlas tvoří slova jasně.
Mais alors, Gregor entendit l'écho mental de sa voix.
Ale pak Gregor zaslechl v duchu ozvěnu svého hlasu.
L'enregistrement de sa voix s'est interrompu de façon étrange.
Nahrávka jeho hlasu se podivným způsobem přerušila.
Et il n'était pas sûr d'avoir bien entendu.
A nebyl si jistý, jestli slyšel správně.
Gregor éprouvait un profond désir de donner une réponse détaillée.
Gregor cítil hlubokou touhu podat podrobnou odpověď.
Il voulait tout expliquer clairement à sa mère.
Chtěl matce všechno jasně vysvětlit.
Mais, compte tenu des circonstances, il devait se limiter.
Ale vzhledem k okolnostem se musel omezit.
Et sa réponse fut beaucoup plus brève qu'il ne l'aurait souhaité.

A odpověděl mnohem stručněji, než by si přál.

"Oui maman, ne t'inquiète pas, merci, je suis déjà levée."

"Ano, mami, neboj se, děkuji, už jsem vzhůru."

La porte en bois a probablement contribué à étouffer sa voix.

Dřevěné dveře mu pravděpodobně pomáhaly tlumit hlas.

À l'extérieur, le changement dans la voix de Gregor est resté inaperçu.

Venku si Gregorova hlasu nikdo nevšiml.

La mère semblait satisfaite de son explication.

Matka se zdála být s jeho vysvětlením spokojená.

Et elle repartit aussi discrètement qu'elle était venue.

A odešla stejně tiše, jako přišla.

Mais cette petite conversation a eu un effet indésirable.

Ale ten krátký rozhovor měl nežádoucí účinek.

Il a attiré l'attention des autres membres de la famille.

Upoutal pozornost ostatních členů rodiny.

Gregor était toujours chez lui et n'était pas allé travailler.

Gregor byl stále doma a nešel do práce.

Et maintenant, le père frappa lui aussi à la porte de côté.

A teď otec také zaklepal na boční dveře.

Il frappa faiblement, mais avec détermination, du poing.

Slabě, ale odhodlaně zaklepal pěstí.

« Gregor, Gregor », appela-t-il, « quel est le problème ? »

„Gregore, Gregore," zavolal, „v čem je problém?"

Au bout d'un moment, il avertit de nouveau d'une voix plus grave.

Po chvíli znovu varoval hlubším hlasem.

Mais la sœur frappa alors à la porte de l'autre côté.

Ale na druhé straně dveří teď zaklepala sestra.

« Gregor ? Tu ne te sens pas bien ? » demanda-t-elle doucement.

„Gregore? Není ti dobře?" zeptala se tiše.

« Avez-vous besoin de quelque chose ? » demanda-t-elle, inquiète.

„Potřebujete něco?" zeptala se znepokojeně.

Gregor a répondu aux deux parties : « J'ai déjà terminé. »

Gregor odpověděl oběma stranám: „Už jsem skončil."

Il avait fait de son mieux pour prononcer tous les mots avec soin.

Snažil se ze všech sil vyslovovat všechna slova pečlivě.

Et il a gommé tout ce qui était ostentatoire dans sa voix.

A ze svého hlasu odstranil vše nápadné.

Le père semblait également satisfait de la réponse.

Otec se také zdál být s odpovědí spokojený.

Et il retourna à son petit-déjeuner inachevé.

A vrátil se ke své nedokončené snídani.

Mais la sœur murmura : « Gregor, ouvre la bouche, je t'en supplie. »

Ale sestra zašeptala: „Gregore, prosím tě, otevři.“

Mais son inquiétude à son égard ne parvenait en rien à l'émouvoir.

Ale její starost o něj s ním nemohla nijak pohnout.

Gregor n'avait aucune intention de lui ouvrir la porte.

Gregor neměl v úmyslu jí otevřít dveře.

Ses voyages lui avaient permis d'acquérir certaines habitudes de prudence.

Cestováním si osvojil určité opatrné návyky.

Et il se félicita d'avoir verrouillé les portes.

A chválil se, že zamkl dveře.

Il voulait d'abord se lever tranquillement, à son propre rythme.

Nejdřív se chtěl tiše vzbudit ve svém vlastním čase.

Et, sans être dérangé, il voulut s'habiller.

A bez vyrušení se chtěl obléknout.

Cela étant fait, il voulut ensuite prendre son petit-déjeuner.

Když toho dosáhl, chtěl si dát snídani.

Ce n'est qu'alors qu'il a souhaité examiner la situation plus en détail.

Teprve potom chtěl situaci dále zvážit.

Il savait qu'il était inutile de faire des projets au lit.

Věděl, že nemá cenu dělat si v posteli plány.

Il serait impossible de parvenir à une conclusion sensée.

Dospět k rozumnému závěru by bylo nemožné.

Il lui était déjà arrivé de se réveiller avec de légères douleurs.

Byly i jiné chvíle, kdy se probudil s mírnými bolestmi.

Ces douleurs se sont toujours révélées être de pures inventions de l'imagination.

Tyto bolesti se vždy ukázaly být jen čirou fantazií.

En me levant du lit, la douleur disparaissait invariablement.

Když jsem vstal z postele, bolest vždycky odezněla.

Il était curieux de voir ce qu'il adviendrait de ces idées.

Byl zvědavý, co se s těmito myšlenkami stane.

Le changement de sa voix était probablement dû à un rhume.

Změna v jeho hlase byla pravděpodobně jen z nachlazení.

Le rhume est un risque professionnel courant pour les voyageurs.

Nachlazení je pro cestovatele pouze profesním rizikem.

Il ne doutait pas que c'était l'explication logique.

Nepochyboval o tom, že to bylo logické vysvětlení.

Il s'est facilement dégagé de la couverture.

Sundat ze sebe deku bylo snadné.

Il lui suffisait d'inspirer et de se gonfler.

Stačilo se jen nadechnout a nafouknout.

La couverture glissa de son corps et tomba sur le sol.

Deka mu sklouzla z těla na podlahu.

Son corps incroyablement large rendait d'autres choses difficiles.

Jeho neuvěřitelně široké tělo ztěžovalo ostatní věci.

Il aurait eu besoin de bras et de mains pour se tenir debout.

Potřeboval by paže a ruce, aby se postavil.

Mais il n'avait plus les membres qu'il avait autrefois.

Ale neměl končetiny, které míval dříve.

Au lieu de bras et de mains, il avait plein de petites jambes.

Místo paží a rukou měl spoustu malých nohou.

Et ses jambes bougeaient sans cesse, sans qu'il puisse les contrôler.

A jeho nohy se neustále pohybovaly, bez jeho kontroly.

Il a essayé de plier une jambe, mais au lieu de cela, elle s'est étirée.

Zkusil pokrčit jednu nohu, ale místo toho se natáhl.

Il parvint finalement à contrôler une jambe.

Konečně se mu podařilo dostat jednu nohu pod kontrolu.

Mais ensuite, le mouvement des autres pattes a été libéré.

Ale pak se uvolnil pohyb i ostatních nohou.

Et toutes ses jambes frémissaient d'excitation extrême.

A všechny jeho nohy se chvěly nesmírným vzrušením.

Il a d'abord voulu sortir le bas de son corps du lit.

Nejdřív chtěl dostat spodní část těla z postele.

Mais il n'avait pas encore vu le bas de son corps.

Ale ve skutečnosti ještě neviděl svou spodní část těla.

Et de toute façon, déplacer cette pièce s'est avéré trop difficile.

A stejně se ukázalo, že je příliš obtížné tuto část přesunout.

Finalement, de toutes ses forces, il fit un geste audacieux.

Konečně se vší silou pokusil o jeden divoký pohyb.

Sans plus hésiter, il s'avança.

Bez dalšího váhání se vydal vpřed.

Mais il avait choisi la mauvaise direction.

Ale zvolil si špatný směr, kterým se vydal.

Il s'est violemment cogné le corps contre le montant inférieur du lit.

Prudce narazil tělem do spodní sloupku postele.

La douleur brûlante qu'il ressentait lui a appris une précieuse leçon.

Pálící bolest, kterou cítil, mu dala cennou lekci.

La partie inférieure de son corps était peut-être plus sensible.

Spodní část jeho těla byla možná citlivější.

Il a donc commencé par sortir le haut de son corps du lit.

Tak se nejdřív pokusil dostat z postele horní část těla.

Il tourna prudemment la tête dans la bonne direction.

Opatrně otočil hlavu správným směrem.

Et bientôt, sa tête se retrouva face au bord du lit.

A brzy už měl hlavu otočenou k okraji postele.

Ce mouvement prudent lui était en réalité facile.

Tento opatrný pohyb pro něj byl ve skutečnosti snadný.

Et sa largeur et son poids ne l'empêchaient pas de se déplacer.

A jeho šířka ani váha mu v pohybu nebránily.

La masse de son corps suivit lentement le mouvement de sa tête.

Hmota jeho těla pomalu kopírovala otáčení hlavy.

Mais ensuite, il a passé la tête au-dessus du bord du lit.

Ale pak vystrčil hlavu z okraje postele.

Et il dut faire face à une nouvelle peur à laquelle il n'avait pas encore pensé.

A čelil novému strachu, o kterém dosud nepřemýšlel.

Poursuivre dans cette voie pourrait s'avérer dangereux.

Další postup tímto způsobem by mohl být nebezpečný.

Il pensait qu'il allait simplement se laisser tomber.

Myslel si, že se prostě nechá spadnout.

Mais ce serait un miracle s'il ne s'était pas blessé à la tête.

Ale byl by to zázrak, kdyby si nezranil hlavu.

Ce n'était pas le moment de risquer de perdre connaissance.

Teď nebyl čas riskovat ztrátu vědomí.

Finalement, il vaudrait peut-être mieux rester au lit.

Možná by nakonec bylo lepší zůstat v posteli.

Mais il devait ensuite faire le même effort pour revenir.

Ale pak musel vynaložit stejné úsilí, aby se dostal zpět.

Après tous ces efforts, il était allongé là, exactement comme avant.

Po vší té námaze tam ležel stejně jako předtím.

Et maintenant, ses jambes semblaient encore plus en colère qu'elles ne l'avaient été.

A teď se mu zdály nohy ještě bolenější než předtím.

Les mouvements de sa jambe étaient devenus encore plus incontrôlables.

Pohyby jeho nohy se staly ještě nekontrolovatelnějšími.

Il ne voyait aucun moyen de sortir de la situation dans laquelle il se trouvait.

Neviděl žádnou cestu, jak se dostat ze situace, ve které se ocitl.

Il était impossible de faire émerger la paix et l'ordre de ce chaos.

Z tohoto chaosu se nedalo nastolit mír a pořádek.

Mais il savait que rester au lit n'était pas une option non plus.

Ale věděl, že zůstat v posteli také nepřipadá v úvahu.

Tout sacrifier était l'option la plus sensée.

Obětovat všechno bylo nejrozumnější řešení.

Il s'accrochait au moindre espoir de pouvoir se lever.

Držel se sebemenší naděje, že se dostane z postele.

S'il y parvenait, tous les risques en auraient valu la peine.

Kdyby to dokázal, veškeré riziko by se vyplatilo.

Mais il se souvenait aussi d'autre chose en même temps.

Ale zároveň si vzpomněl i na něco jiného.

« Mieux vaut réfléchir sereinement que de prendre des décisions désespérées. »

"Lepší než zoufalá rozhodnutí jsou klidné úvahy."

Il concentra tous ses efforts sur la fenêtre.

S veškerým úsilím upřel zrak na okno.

Mais ce qu'il vit ne lui insuffla guère de confiance ni de joie.

Ale to, co viděl, mu nepřineslo mnoho sebevědomí a radosti.

La brume matinale enveloppait toute la rue étroite.

Ranní mlha pokrývala celou úzkou ulici.

Le réveil sonna à nouveau ; il était maintenant sept heures.

Budík znovu zazvonil; teď bylo sedm hodin.

« Il est déjà sept heures et il y a encore un épais brouillard. »

„Už je sedm hodin a pořád je taková mlha.“

Il resta un moment allongé, immobile, respirant faiblement.

Chvíli tiše ležel a jen slabě dýchal.

Un peu de calme permettrait peut-être de retrouver une certaine normalité.

Možná by trocha klidu přinesla alespoň trochu normálnosti.

Un silence complet pourrait engendrer les conditions réelles.

Naprosté ticho by mohlo nastolit skutečné podmínky.

Mais avant que l'horloge ne sonne à nouveau, il rompit le silence.

Ale než hodiny znovu odbily, prolomil ticho.

«Avant que l'horloge ne sonne à nouveau, je dois être levé.»
„Než hodiny znovu odbijí, musím být v posteli.“
« Je dois absolument être complètement levé à ce moment-là. »
„Do té doby už musím být úplně v posteli.“
« Après 19h15, le bureau enverra quelqu'un. »
"Po čtvrt na osm z kanceláře někoho pošlou."
"Parce que le bureau ouvrait avant sept heures."
„Protože kancelář otevřela před sedmou hodinou.“
Et il commença alors à se balancer hors du lit.
A teď se začal houpat z postele.
Il avait cessé de se concentrer sur le haut ou le bas de son corps.
Přestal se soustředit na horní nebo dolní část těla.
Il fallut sortir tout son corps du lit.
Celá délka jeho těla musela opustit postel.
Tomber de cette façon devrait protéger sa tête, pensa-t-il.
Pád tímto způsobem by mu měl ochránit hlavu, pomyslel si.
Il avait prévu de relever la tête lorsqu'il toucherait le sol.
Plánoval zvednout hlavu, až dopadne na zem.
Son dos semblait suffisamment robuste pour encaisser le choc.
Zadní část jeho těla se zdála být dostatečně tvrdá na to, aby unesla náraz.
Et le tapis était là pour amortir l'atterrissage.
A koberec tam byl od toho, aby změkčil přistání.
Ce qui le préoccupait le plus, cependant, c'était le bruit assourdissant.
Jeho největší obavou však byl hlasitý hluk.
Le bruit fracassant effrayerait tous les occupants de la maison.
Ten třepot by vyděsil všechny v domě.
Peut-être que le bruit fort ne les terrifierait pas.
Možná by se hlasitého hluku nebáli.
Mais ils seraient certainement inquiets s'ils l'apprenaient.
Ale určitě by si udělali starosti, kdyby to uslyšeli.
Mais il fallait prendre le risque d'attirer l'attention.

Ale riziko upoutání pozornosti se muselo podstoupit.
La nouvelle méthode s'apparentait davantage à un jeu qu'à un effort.
Nová metoda byla spíše hrou než úsilím.
Il devait balancer son corps par mouvements brusques et saccadés.
Musel prudce a trhaně kymácet tělem.
Gregor était déjà à moitié sorti du lit.
Gregor už z poloviny vstal z postele.
Une nouvelle idée venait de lui traverser l'esprit.
Teď ho napadla nová myšlenka.
« Tout serait si facile si quelqu'un venait à mon secours. »
„Bylo by to všechno tak snadné, kdyby mi někdo přišel na pomoc."
« Deux personnes fortes suffiraient amplement. »
"Dva silní lidé by naprosto stačili."
Son père et la servante seraient assez forts.
Jeho otec a služebná budou dost silní.
Il leur suffirait de glisser leurs bras sous son dos.
Stačilo by jim jen vsunout ruce pod jeho záda.
Et ensuite, ils pourraient facilement le sortir du lit.
A pak by ho mohli snadno stáhnout z postele.
Peut-être auraient-ils dû réduire son poids progressivement.
Možná by museli pomalu snižovat jeho váhu.
Alors, espérons-le, les jambes auraient trouvé leur utilité.
Doufejme, že pak by nohy našly svůj účel.
« Ne serait-il pas préférable, après tout, de demander de l'aide ? »
„Nebylo by nakonec lepší zavolat o pomoc?"
Le problème, bien sûr, c'est qu'il avait verrouillé les portes.
Problém byl samozřejmě v tom, že zamkl dveře.
Il y avait quelque chose dans cette idée qui le chatouillait.
Na té myšlence bylo něco, co ho lechtalo.
Et malgré ses difficultés, il ne put réprimer un sourire.
A navzdory těžkostem, které prožil, nedokázal potlačit úsměv.
Il était déjà sur le point de perdre l'équilibre.
Už teď byl skoro na pokraji ztráty rovnováhy.

Chaque balancement le rapprochait un peu plus du moment où il basculerait du lit.

S každým zhoupnutím se blížil k tomu, aby se z postele převrátil.

Il allait bientôt devoir prendre la décision finale.

Brzy bude muset učinit konečné rozhodnutí.

Dans cinq minutes, il serait sept heures et quart.

Za pět minut mělo být čtvrt na osm.

Tandis qu'il était plongé dans ces pensées, la sonnette retentit.

Zatímco přemýšlel o těchto myšlenkách, zazvonil zvonek u dveří.

« C'est quelqu'un du bureau », se dit-il.

„To je někdo z kanceláře," řekl si pro sebe.

Et il fut presque paralysé de peur à cause du visiteur.

A kvůli návštěvníkovi málem ztuhl strachy.

Ses jambes s'agitaient encore plus sauvagement qu'auparavant.

Jeho nohy tančily ještě divoceji než předtím.

Mais ensuite, pendant un instant, tout resta silencieux.

Ale pak na okamžik všechno ztichlo.

« Ils n'ouvriront pas la porte », se dit Gregor.

„Neotevřou dveře," řekl si Gregor.

Il était encore prisonnier d'un espoir insensé.

Stále ho pohlcovala jakási nesmyslná naděje.

Mais ensuite, bien sûr, la bonne s'est dirigée vers la porte.

Ale pak samozřejmě služebná odešla ke dveřím.

Et, comme toujours, elle ouvrit la porte au visiteur.

A jako vždy otevřela návštěvníkovi dveře.

Gregor n'avait besoin d'entendre que les premiers mots de bienvenue du visiteur.

Gregorovi stačilo slyšet návštěvníkovo první pozdrav.

Il a tout de suite compris qui était venu le chercher.

Hned poznal, kdo si pro něj přišel.

Le chef de bureau en personne était venu prendre des nouvelles de Samsa.

Sám vrchní úředník se přišel podívat, jak je na Samsu.

Pourquoi Gregor était-il le seul à être condamné à un tel sort ?

Proč byl Gregor jediný odsouzen k tomuto osudu?

Pourquoi lui seul a-t-il dû servir dans une telle organisation ?

Proč musel v takové organizaci sloužit jen on?

Le moindre oubli éveillait immédiatement les soupçons.

Sebemenší přehlédnutí okamžitě vzbudilo podezření.

Tous les employés qui travaillaient là-bas étaient-ils des scélérats ?

Byli všichni zaměstnanci, kteří tam pracovali, darebáci?

N'y avait-il donc parmi eux aucune personne fidèle et dévouée ?

Nebyl mezi nimi žádný věrný a oddaný člověk?

N'auraient-ils pas pu simplement envoyer un apprenti ?

Nemohli sem prostě poslat nějakého učně?

Toutes ces interrogations étaient-elles vraiment nécessaires ?

Bylo všechno tohle kladení otázek opravdu nutné?

Le représentant autorisé devait-il se déplacer en personne ?

Musel zmocněný zástupce přijít osobně?

Fallait-il vraiment informer toute la famille innocente ?

Musela být informována celá nevinná rodina?

Toutes ces considérations ont poussé Gregor à agir.

Všechny tyto úvahy přiměly Gregora k činu.

Il se hissa hors du lit de toutes ses forces.

Vší silou se vymrštil z postele.

Il y a eu une forte détonation, mais ce n'était pas vraiment un bruit.

Ozvala se hlasitá rána, ale nebyl to skutečný hluk.

La chute avait été légèrement amortie par le tapis.

Pád byl trochu ztlumen kobercem.

Son dos était plus élastique que Gregor ne l'avait imaginé.

Jeho záda byla pružnější, než si Gregor myslel.

Le son était donc plus sourd et moins perceptible.

Zvuk byl tedy tlumenější a ne tak znatelný.

Mais il n'avait pas fait attention à sa tête pendant sa chute.

Ale během pádu si nedal pozor na hlavu.

Et lorsqu'il a touché le sol, il s'est aussi cogné la tête.

A když dopadl na zem, udeřil se i do hlavy.

Il se frotta la tête sur le tapis, en colère et souffrant.

Vztekem a bolestí si třel hlavu o koberec.

Mais le gérant, qui se trouvait dans la pièce d'à côté, a entendu le bruit.

Ale manažer v pokoji vedle slyšel hluk.

« Quelque chose est tombé là-dedans », a-t-il observé avec justesse.

„Něco tam spadlo," poznamenal správně.

Gregor essaya d'imaginer le manager dans sa situation.

Gregor se pokusil představit si manažera ve své situaci.

« La même chose pourrait-elle lui arriver ? » se demanda-t-il.

„Mohlo by se mu stát totéž?" přemýšlel.

Il a admis que cet étrange événement pouvait être possible.

Přijal fakt, že tato podivná událost je možná.

Puis le chef de bureau fit quelques pas vers la pièce.

A pak vrchní úředník udělal pár kroků do místnosti.

C'était presque une réponse grossière à la question qu'il avait posée.

Byla to téměř hrubá odpověď na otázku, kterou položil.

Ses bottes en cuir grinçaient lorsqu'il s'approcha de la porte.

Jeho kožené boty vrzaly, když se blížil ke dveřím.

Depuis la pièce située à sa droite, sa servante lui chuchota quelque chose.

Z pokoje po jeho pravici mu zašeptala služebná.

"Gregor, le représentant autorisé est ici."

„Gregore, je zde zmocněný zástupce."

« Je sais », dit Gregor, mais seulement à voix basse pour lui-même.

„Já vím," řekl Gregor, ale jen tiše pro sebe.

Il n'osait pas élever la voix au-dessus d'un murmure.

Neodvážil se zvýšit hlas nad šepot.

Parce que Gregor ne voulait pas que sa sœur l'entende.

Protože Gregor nechtěl, aby ho jeho sestra slyšela.

« Gregor », dit le père depuis la pièce de gauche.

„Gregore," ozval se otec z pokoje nalevo.

«Le responsable est venu vérifier quel est le problème.»
"Manažer přišel zjistit, v čem je problém."
« Il vous a demandé pourquoi vous n'aviez pas pris le premier train. »
„Ptal se, proč jsi neodjel tím ranním vlakem.“
« Nous ne savons pas quoi lui dire », a déclaré le père.
„Nevíme, co mu říct,“ řekl otec.
« D'ailleurs, il souhaite également vous parler personnellement. »
„Mimochodem, chce s vámi také mluvit osobně.“
« Veuillez ouvrir la porte, afin qu'il puisse vous parler. »
„Prosím, otevřete dveře, aby s vámi mohl mluvit.“
« Il aura la gentillesse d'excuser le désordre dans la chambre. »
„Bude tak laskav a omluví ten nepořádek v pokoji.“
« Bonjour, Monsieur Samsa », lui lança le directeur.
„Dobré ráno, pane Samso,“ zavolal na něj manažer.
Et il lui a certainement parlé de manière amicale.
A rozhodně s ním mluvil přátelsky.
« Il ne se sent pas bien », dit la mère au gérant.
„Není mu dobře,“ řekla matka manažerovi.
« Il ne va pas bien du tout, croyez-moi, cher manager. »
„Vůbec mu není dobře, věřte mi, drahý manažere.“
« Sinon, pourquoi Gregor aurait-il raté le train du matin ? »
„Proč by jinak Gregor zmeškal ranní vlak?“
«Le garçon ne pense qu'à ses affaires.»
„Ten kluk nemá na mysli nic jiného než byznys.“
« Cela m'agace presque qu'il ne fasse rien d'autre. »
"Skoro mě štve, že nedělá nic jiného."
« J'aimerais qu'il sorte le soir pour prendre l'air. »
„Přála bych si, aby večer chodil ven na čerstvý vzduch.“
« Il était en ville pendant huit jours pour affaires. »
„Byl ve městě osm dní kvůli obchodu.“
« Mais il était chez lui tous les soirs. »
„Ale pak byl každý z těch večerů doma.“
«Il s'assoit à notre table et lit le journal.»
„Sedí u našeho stolu a čte noviny.“

« À d'autres moments, il étudie les horaires des trains. »
„Jindy studuje jízdní řády vlaků.“
«Il lui arrive de s'occuper en faisant de la menuiserie.»
„Někdy se zaměstnává tesařstvím.“
« Par exemple, il a sculpté un petit cadre photo en bois. »
„Například vyřezal malý dřevěný rámeček na obraz.“
« Pendant deux ou trois soirées, il était occupé avec la scie. »
„Dva nebo tři večery byl zaneprázdněn pilou.“
«Vous serez étonné(e) de voir à quel point le cadre photo est joli.»
"Budete ohromeni, jak krásný je ten rám obrazu."
«Il a accroché le cadre photo dans sa chambre.»
„Pověsil rám obrazu ve svém pokoji.“
« Quand il ouvrira la porte, vous verrez ses boiseries. »
„Až otevře dveře, uvidíte jeho dřevěné obložení.“
« Au fait, je suis ravi que vous soyez ici, Monsieur Prokurist. »
„Mimochodem, jsem rád, že jste tady, pane Prokuriste.“
« Nous n'aurions pas pu, à nous seuls, forcer Gregor à ouvrir la porte. »
„Sami bychom Gregora nedonutili otevřít dveře.“
« Il est tellement têtu », a avoué sa mère au vendeur.
„Je tak tvrdohlavý,“ přiznala se jeho matka úředníkovi.
« Il est certainement malade, même s'il l'a nié auparavant. »
„Určitě se necítí dobře, i když to předtím popíral.“
« J'arrive tout de suite », dit Gregor lentement et prudemment.
„Hned tam budu,“ řekl Gregor pomalu a opatrně.
Mais il ne fit aucun mouvement vers la porte de la pièce.
Ale neudělal ani jeden pohyb směrem ke dveřím pokoje.
Il ne voulait pas perdre un seul mot de la conversation.
Nechtěl ztratit ani slovo z konverzace.
Le chef de bureau a approuvé l'évaluation de la mère.
Vrchní úředník souhlasil s matčiným hodnocením.
« Je ne peux pas l'expliquer autrement non plus, madame. »
„Ani já to jinak vysvětlit nedokážu, madam.“

« Espérons tous qu'il ne souffre d'aucune maladie grave », a-
t-il déclaré.

„Doufejme všichni, že netrpí žádnou vážnou nemocí," řekl.

« D'un autre côté, c'est un risque pour notre secteur. »

„Na druhou stranu je to v našem odvětví riziko."

« Nous, les hommes d'affaires, devons souvent surmonter un
certain malaise. »

"My, podnikatelé, musíme často překonávat nepohodlí."

« Les professionnels doivent simplement faire abstraction
des petites douleurs. »

"Profesionálové se musí jen prosadit přes drobné bolesti."

Pendant ce temps, son père frappa de nouveau à l'autre
porte.

Mezitím jeho otec znovu zaklepal na druhé dveře.

« Le chef de bureau peut-il entrer maintenant ? » demanda-t-
il.

„Může už přijít vrchní úředník?" chtěl vědět.

« Non, il ne peut pas », répondit Gregor à la question de son
père.

„Ne, nemůže," odpověděl Gregor na otcovu otázku.

Un silence gênant s'installa dans la pièce de gauche.

V místnosti po levé straně se rozhostilo trapné ticho.

Dans la pièce de droite, la sœur se mit à sangloter.

V pokoji napravo se sestra rozplakala.

Pourquoi la sœur n'était-elle pas partie rejoindre les autres ?

Proč sestra nešla být s ostatními?

Elle venait probablement de se lever, pensa-t-il.

Pravděpodobně právě vstala z postele, pomyslel si.

Elle n'a peut-être même pas encore commencé à s'habiller.

Možná se ještě ani nezačala oblékat.

Mais Gregor ne comprenait pas pourquoi elle pleurait.

Gregor ale nemohl pochopit, proč pláče.

Était-ce parce qu'il ne s'était pas levé pour laisser entrer le
directeur ?

Bylo to proto, že nevstal a nepustil manažera dovnitř?

Était-ce parce qu'il risquait de perdre son emploi ?

Bylo to proto, že mu hrozilo, že přijde o práci?

Le patron pourrait-il s'en prendre aux parents comme avant ?
Mohl by šéf přijít po rodičích jako předtím?
Allait-il leur formuler à nouveau les mêmes exigences qu'auparavant ?
Chystá se na ně znovu vznést staré požadavky?
Il n'y avait probablement pas lieu de s'inquiéter de ces choses-là.
O tyto věci se asi nemuselo starat.
Pour le moment, elle n'avait aucune raison de pleurer.
Prozatím neměla důvod k pláči.
Gregor était toujours là, subvenant aux besoins de sa famille.
Gregor tu stále byl a živil rodinu.
Et il n'a jamais eu l'intention de quitter sa famille.
A nikdy neměl v úmyslu rodinu opustit.
Pour le moment, il restait simplement allongé là, sur le tapis.
Prozatím jen ležel na koberci.
La famille ignorait son état.
Rodina nevěděla, v jakém stavu se nachází.
S'ils avaient su, ils n'auraient pas encouragé son patron.
Kdyby věděli, nepovzbudili by jeho šéfa.
Ils n'auraient même pas laissé entrer le gérant.
Ani by nepustili správce do domu.
Le refouler n'aurait pas été particulièrement impoli.
Odmítnout ho by nebylo nijak zvlášť neslušné.
Il aurait facilement pu trouver une excuse convenable plus tard.
Snadno si později mohl najít vhodnou výmluvu.
Ce n'était pas un motif de licenciement.
Nebylo to něco, za co by mohl být vyhozen.
Gregor pensait qu'il serait plus judicieux de le laisser tranquille désormais.
Gregor cítil, že teď bude rozumnější nechat ho samotného.
Le déranger en pleurant et en parlant n'a pas beaucoup aidé.
Rušení ho pláčem a mluvením toho moc nedosáhlo.
Mais c'était l'incertitude qui inquiétait les autres.
Ale byla to nejistota, která trápila ostatní.

Et c'est cette incertitude qui a excusé leur comportement.

A právě tato nejistota omlouvala jejich chování.

« Monsieur Samsa », appela le directeur d'une voix forte.

„Pane Samso," zavolal manažer zvýšeným hlasem.

« Qu'est-ce qui se passe avec toi ? » a-t-il voulu savoir.

„Co se s tebou děje?" chtěl vědět.

« Tu t'es barricadé dans ta chambre. »

"Zabarikádoval ses ve svém pokoji."

«Vous ne pouvez répondre que par «oui» ou «non».»

„Odpovídáte pouze ‚ano' nebo ‚ne'."

«Vous causez de sérieux soucis à vos parents.»

"Děláš svým rodičům velké starosti."

« Je ne vois pas de bonne raison de les inquiéter. »

„Nevidím žádný dobrý důvod, proč bys jim dělal starosti."

« Il y a une autre chose que je mentionnerai en passant. »

„Ještě jednu věc zmíním mimochodem."

«Vous négligez également vos obligations professionnelles envers nous.»

„Také zanedbáváte své pracovní povinnosti vůči nám."

« Une telle irresponsabilité ne vous ressemble pas du tout. »

„Taková nezodpovědnost je pro vás naprosto netypická."

« Je parle ici au nom de vos parents et de votre patron. »

„Mluvím zde jménem vašich rodičů a vašeho šéfa."

« Et je vous demande une explication immédiate et claire. »

„A žádám vás o okamžité a jasné vysvětlení."

« Je dois dire que tout cela m'étonne vraiment. »

„Musím říct, že mě celá ta věc opravdu udivuje."

« Je pensais vous connaître comme une personne calme et raisonnable. »

„Myslel jsem, že tě znám jako klidného a rozumného člověka."

« Mais maintenant, tu nous montres une autre facette de toi. »

„Ale teď nám ukazuješ svou jinou stránku."

«Vous faites soudain preuve de vos caprices très particuliers.»

„Najednou projevuješ své velmi zvláštní rozmary."

« Mais il pourrait y avoir une explication à votre échec. »

„Ale pro tvé selhání by mohlo existovat vysvětlení.“

« Le patron a mentionné une dette que vous aviez recouvrée pour nous. »

„Šéf se zmínil o dluhu, který jste pro nás vymohl.“

« J'ai donné ma parole d'honneur au patron en votre nom. »

„Dal jsem šéfovi čestné slovo za vás.“

« Mais maintenant je vois votre obstination incompréhensible. »

„Ale teď vidím tvou nepochopitelnou tvrdohlavost.“

« Je pourrais encore perdre toute envie de vous aider. »

„Možná bych stejně ztratil veškerou touhu ti jakkoli pomáhat.“

«Votre sécurité d'emploi n'est en aucun cas totalement stable.»

"Vaše pracovní jistota není v žádném případě zcela stabilní."

« À l'origine, je comptais vous dire tout cela en privé. »

„Původně jsem ti to všechno chtěl říct v soukromí.“

« Mais maintenant je vois que vous voulez que je perde mon temps ici. »

„Ale teď vidím, že chceš, abych tu ztrácel čas.“

«Je ne vois donc aucune raison pour que vos parents ne le sachent pas.»

„Takže nevidím důvod, proč by to neměli vědět tvoji rodiče.“

«Vos récentes performances n'ont pas été satisfaisantes.»

"Váš nedávný výkon nebyl uspokojivý."

« Je reconnais que les ventes sont plus lentes à cette période de l'année. »

„Připouštím, že prodeje jsou v tomto ročním období pomalejší.“

« Mais il n'y a pas de période de l'année où il n'y a pas de ventes. »

"Ale neexistuje období roku, kdy by nebyly žádné výprodeje."

Pendant un instant, Gregor oublia tout ce qui l'entourait.

Gregor na okamžik zapomněl na všechno kolem sebe.

« Mais Monsieur Prokurist ! » s'écria Gregor, désespéré.

„Ale pane Prokuristo!“ zvolal zoufale Gregor.

« J'ouvre la porte tout de suite, maintenant, ne vous inquiétez pas. »

„Hned otevřu dveře, hned teď, neboj se.“

«Le problème, c'est que je ne me sens pas très bien.»

„Problém je v tom, že se necítím docela dobře.“

« Mes vertiges m'ont empêché d'atteindre la porte. »

"Závratě mi zabránily dostat se ke dveřím."

« Je suis encore au lit, mais je me sens beaucoup mieux. »

„Pořád ležím v posteli, ale cítím se mnohem lépe.“

«Un instant, s'il vous plaît, je viens de me lever.»

„Moment, prosím, zrovna vstávám z postele.“

« Un instant de patience, c'est tout ce que je vous demande, Monsieur Prokurist. »

„Chvilka trpělivosti je vše, o co vás prosím, pane Prokuriste.“

« Ça ne se passe pas aussi bien que je le pensais, mais ça ira. »

„Nejde to tak dobře, jak jsem si myslel/a, ale budu v pořádku.“

« Comment une telle chose peut-elle arriver à une personne aussi rapidement ? »

„Jak se něco takového může člověku stát tak rychle?“

« Je me sentais bien hier soir, mes parents le savent. »

„Včera večer jsem se cítil dobře, rodiče to vědí.“

« Mais peut-être avais-je déjà un petit pressentiment à ce moment-là. »

„Ale možná jsem už tehdy měl malou předtuchu.“

«Vous pourriez vous demander pourquoi je ne l'ai pas signalé au bureau.»

„Možná se ptáte, proč jsem to nenahlásil v kanceláři.“

« Je pensais que je me sentirais beaucoup mieux demain matin. »

„Myslel jsem, že se ráno budu cítit mnohem lépe.“

« On pense toujours qu'ils auront vaincu la maladie d'ici là. »

„Člověk si vždycky myslí, že do té doby nemoc porazí.“

« Mais je vous en prie ! Épargnez mes parents de ces accusations ! »

„Ale prosím! Ušetřete mé rodiče těchto obvinění!“

« On ne m'a pas dit un mot de ce que vous m'avez dit. »
„Nebylo mi řečeno ani slovo o tom, co jsi mi řekl."
« Il se peut que vous n'ayez pas lu les dernières commandes que j'ai envoyées. »
„Možná jste nečetl poslední rozkazy, které jsem rozeslal."
« Au fait, vous n'avez pas à vous inquiéter pour moi aujourd'hui. »
„Mimochodem, dnes si o mě nemusíš dělat starosti."
«Je vais quand même prendre le train de huit heures.»
"Pořád pojedu vlakem v osm hodin."
« Ces quelques heures de repos m'ont suffisamment revigoré. »
„Těch pár hodin odpočinku mě dostatečně posílilo."
« Vous n'avez vraiment pas besoin d'attendre, manager. »
„Opravdu není důvod, abyste čekal, pane manažere."
« Moi aussi, je serai bientôt au bureau. »
„Taky budu brzy v kanceláři."
« Et s'il vous plaît, ayez la gentillesse de dire un mot en ma faveur. »
„A prosím, buďte tak laskaví a za mě se přimluvte."
Gregor avait donné son explication assez précipitamment.
Gregor pronesl své vysvětlení docela ukvapeně.
Il ne savait pas vraiment ce qu'il essayait de dire.
Sotva věděl, co se vlastně snaží říct.
Il s'est approché de la boîte et a essayé de s'en servir pour se lever.
Šel k krabici a pokusil se s ní vstát.
Il avait vraiment l'intention d'ouvrir la porte.
Opravdu měl v úmyslu otevřít dveře.
Il souhaitait être reçu par le représentant autorisé.
Chtěl být viděn oprávněným zástupcem.
Et il voulait régler le problème avec lui personnellement.
A chtěl s ním problém vyřešit osobně.
Il était impatient de savoir comment les autres réagiraient à son égard.
Byl zvědavý, jak na něj ostatní zareagují.

Ils doivent maintenant être impatients de savoir comment il va.

Už teď asi taky netrpělivě hledají, jak se mu daří.

Il y avait deux façons possibles dont ils pouvaient réagir face à lui.

Byly dva možné způsoby, jak na něj mohli reagovat.

Une possibilité était qu'ils aient peur.

Jednou z možností bylo, že by se báli.

S'ils avaient peur, alors il n'en était pas responsable.

Pokud se báli, pak za to neměl žádnou zodpovědnost.

Et alors, il n'aurait plus à s'inquiéter de la situation.

A pak by se nemusel o situaci starat.

Mais il y avait aussi une autre possibilité à envisager.

Ale existovala i jiná možnost, o které bylo třeba přemýšlet.

Peut-être accepteraient-ils sereinement sa personnalité.

Možná by ho klidně přijali takového, jaký je.

Gregor n'aurait alors aucune raison de se fâcher non plus.

Pak by ani Gregor neměl důvod se rozčilovat.

Il y aurait encore assez de temps pour prendre le train.

Pořád by bylo dost času na to, aby se stihl vlak.

Cependant, se tenir debout n'était pas une tâche facile.

Stát vzpřímeně však nebyl v žádném případě snadný úkol.

Lors de ses premières tentatives, il a glissé hors de la boîte.

Při prvních několika pokusech sklouzl z krabice.

La boîte était trop lisse pour qu'il puisse s'y appuyer.

Krabice byla příliš hladká na to, aby se o ni mohl opřít.

Et finalement, il se donna un dernier effort pour se relever.

A konečně se naposledy odhodlal vstát.

Il ne prêta plus attention à la douleur qu'il ressentait à l'abdomen.

Bolesti v břiše už nevěnoval pozornost.

Peu importe l'intensité de la douleur, il la surmonterait.

Bez ohledu na to, jak velká bude bolest, zvládne to.

Il se laissa tomber contre le dossier d'une chaise voisine.

Nechal se spadnout na opěradlo blízké židle.

Et il s'accrochait aux bords avec ses petites jambes.

A svými malými nožičkami se držel okrajů.

À ce stade, il avait repris le contrôle de lui-même.

V tomto okamžiku se už více ovládal.

Et sa chute fut plus silencieuse que la précédente.

A jeho pád byl tišší než ten předchozí.

Parce qu'il devait écouter ce que disait le manager.

Protože musel poslouchat, co říká manažer.

« Avez-vous compris quelque chose à tout cela ? » demanda-t-il aux parents.

„Rozuměli jste něčemu z toho?" zeptal se rodičů.

« Il ne se moquerait pas de nous, n'est-ce pas ? »

„Neudělal by z nás přece blázny, že ne?"

« Pour l'amour de Dieu ! » s'écria la mère, déjà en larmes.

„Proboha," volala matka a už plakala.

« Il est peut-être gravement malade et nous le tourmentons. »

„Možná je vážně nemocný a my ho trápíme."

« Grete ! Grete ! » cria-t-elle à sa fille.

„Grete! Grete!" křičela na dceru.

« Maman ? » appela la sœur de l'autre côté.

„Mami?" zavolala sestra z druhé strany.

Ils ont ensuite communiqué par l'intermédiaire de la chambre de Gregor.

Pak komunikovali přes Gregorův pokoj.

« Gregor est très malade et il a besoin de médicaments. »

„Gregor je velmi nemocný a potřebuje léky."

«Vous devrez aller chez le médecin immédiatement.»

"Budete muset okamžitě jít k lékaři."

« Tu as entendu comment Gregor parlait tout à l'heure ? »

„Slyšel jsi, jak Gregor právě mluvil?"

« C'était la voix d'un animal », a déclaré le gérant.

„To byl hlas zvířete," řekl manažer.

Ses paroles étaient douces comparées aux cris de la mère.

Jeho slova byla tichá ve srovnání s matčiným křikem.

« Anna ! Anna ! » appela le père depuis l'antichambre.

„Anno! Anno!" volal otec z předsíně.

Et il a claqué des mains pour attirer leur attention.

A tleskal rukama, aby upoutal jejich pozornost.

« Appelez immédiatement un serrurier ! » ordonna-t-il à la bonne.

„Okamžitě zavolejte zámečníka!" nařídil služebné.

Les filles, en jupes, traversèrent l'antichambre en courant.

Dívky v sukních proběhly předsíní.

Et leurs jupes bruissaient lorsqu'elles passèrent en courant devant sa chambre.

A jejich sukně šustily, když běžely kolem jeho pokoje.

« Comment sa sœur a-t-elle fait pour s'habiller si vite ? » se demanda-t-il.

„Jak se ta sestra mohla tak rychle obléknout?" pomyslel si.

La porte a été arrachée, mais elle n'a pas été claquée.

Dveře byly rozražené, ale nezabouchnuté.

C'est fréquent dans les maisons où survient un grand malheur.

To je běžné v domácnostech, kde se stane velké neštěstí.

Mais tout cela avait considérablement apaisé Gregor.

Ale díky tomu všemu se Gregor mnohem uklidnil.

Quand il entendait ses propres paroles, elles lui paraissaient claires.

Když slyšel svá vlastní slova, zdála se mu jasná.

En fait, il estimait que ses paroles avaient été plus claires.

Ve skutečnosti měl pocit, že jeho slova byla jasnější.

Mais les autres ne comprenaient plus ce qu'il disait.

Ale ostatní už nechápali, co říká.

Peut-être s'était-il habitué à ses oreilles à ce moment-là.

Možná si už na své uši zvykl.

Mais au moins, ils comprenaient maintenant mieux sa situation.

Ale alespoň teď lépe chápali jeho situaci.

Ils se sont rendu compte qu'il y avait vraiment quelque chose qui n'allait pas chez lui.

Uvědomili si, že s ním opravdu něco není v pořádku.

Et ils faisaient maintenant tout leur possible pour l'aider.

A teď dělali vše, co mohli, aby mu pomohli.

Cela redonna à Gregor un sentiment de confiance qui lui manquait.

To Gregorovi dodalo pocit sebevědomí, který mu chyběl.

Et il se sentait de nouveau beaucoup plus en sécurité au sein de sa famille.

A v rodině se cítil zase mnohem bezpečněji.

Il avait le sentiment d'être à nouveau intégré au cercle humain.

Cítil se opět začleněný do lidského kruhu.

Il ne lui restait plus qu'à espérer que le serrurier puisse ouvrir la porte.

Teď už jen doufal, že zámečník dokáže otevřít dveře.

Et il espérait que le médecin serait capable d'accomplir de telles tâches.

A doufal, že doktor takové úkoly zvládne.

Il allait bientôt devoir reprendre la parole.

Brzy bude muset zase víc mluvit.

Il allait falloir que sa voix soit aussi claire que possible.

Jeho hlas musel být co nejjasnější.

Pour se préparer à la réunion, il s'éclaircit la gorge.

Aby se připravil na schůzku, odkašlal si.

Il s'efforçait toutefois de tousser très discrètement.

Snažil se však ze všech sil kašlat jen velmi tiše.

Ce bruit pouvait être différent d'une toux humaine.

Ten hluk mohl znít jinak než lidský kašel.

Il savait qu'il ne pouvait plus faire la différence entre de telles choses.

Věděl, že takové věci už nedokáže rozlišit.

Dans la pièce voisine, le silence était total.

V další místnosti se rozhostilo naprosté ticho.

Les parents étaient probablement assis à table.

Rodiče pravděpodobně seděli u stolu.

Ils chuchotaient peut-être avec le gérant.

Možná si šeptali s manažerem.

Peut-être que tout le monde était appuyé contre la porte et écoutait.

Možná se všichni opírali o dveře a poslouchali.

Gregor poussa lentement la chaise vers la porte.

Gregor pomalu přisunul židli ke dveřím.

Il s'appuya contre la porte et se tint droit.

Zatlačil do dveří a udržel se na místě.

Il a découvert que la plante de ses pieds était légèrement collée.

Zjistil, že na polštářcích jeho nohou je trochu lepidla.

Et il se reposa là un instant, épuisé.

A na chvíli si tam od námahy odpočinul.

Après s'être suffisamment reposé, il s'attela à la tâche suivante.

Poté, co si dostatečně odpočinul, se pustil do dalšího úkolu.

Il commença à tourner la clé dans la serrure avec sa bouche.

Začal ústy otáčet klíčem v zámku.

Malheureusement, il semblait qu'il n'avait pas de dents.

Bohužel se zdálo, že nemá žádné skutečné zuby.

Mais quel autre moyen avait-il pour s'emparer des clés ?

Ale jaký jiný způsob měl, jak se klíčů zmocnit?

Heureusement pour lui, ses mâchoires étaient bien sûr très fortes.

Naštěstí pro něj měl samozřejmě velmi silné čelisti.

Grâce à la force de ses mâchoires, il a vraiment réussi à faire bouger la clé.

S pomocí čelistí skutečně rozpohyboval klíč.

Il ne doutait pas qu'il se faisait du mal à lui-même également.

Nepochyboval o tom, že si tím ubližuje i sám sobě.

Parce qu'un liquide brunâtre sortait de sa bouche.

Protože mu z úst vytékala hnědá tekutina.

Le liquide brunâtre a coulé sur la clé et le long de la porte.

Hnědá tekutina stékala přes klíč a dolů po dveřích.

Mais Gregor ne se souciait pas de se faire du mal.

Gregorovi ale nevadilo, že si tím škodí.

« Vous entendez ça ? » demanda le gérant dans la pièce voisine.

„Slyšíte to?“ zeptal se manažer ve vedlejší místnosti.

« Il tourne la clé », avait remarqué le gérant.

„Otáčí klíčem,“ všiml si manažer.

Ces paroles furent un grand encouragement pour Gregor.

Tato slova byla pro Gregora velkým povzbuzením.

Mais le père et la mère auraient également dû crier :

Ale otec a matka měli také zvolat:

« Bien joué, Gregor ! » auraient-ils dû lui crier.

„Výborně, Gregore,“ měli na něj křičet.

«Continue, continue de tourner la clé, tu peux le faire.»

"Pokračuj, otáčej tím klíčem, dokážeš to."

Mais Gregor dut plutôt imaginer leur enthousiasme.

Gregor si ale místo toho musel představovat jejich vzrušení.

Il serra les mâchoires de toutes ses forces.

Ze všech sil sevřel čelisti.

Et il continua à tourner la clé dans la serrure.

A dál otáčel klíčem v zámku.

Son corps se tordit douloureusement en un cercle.

Jeho tělo se bolestivě kroutilo v kruhu.

Il ne tenait plus debout qu'avec sa bouche.

Teď se držel vzpřímeně jen díky ústům.

Pour continuer à tourner la clé, il appuya contre la porte.

Aby dál otáčel klíčem, tiskl ke dveřím.

Finalement, le claquement de la serrure réveilla de nouveau Gregor.

Konečně cvaknutí zámku Gregora znovu probudilo.

« Je n'avais donc pas besoin du serrurier », soupira-t-il de soulagement.

„Takže jsem zámečníka nepotřeboval,“ povzdechl si s úlevou.

Il ne lui restait plus qu'à ouvrir la porte qu'il avait déverrouillée.

Teď už jen musel otevřít dveře, které odemkl.

Et, la tête sur la poignée, il ouvrit la porte.

A s hlavou na klice otevřel dveře.

Il se trouvait derrière la porte qui donnait sur sa chambre.

Byl za dveřmi, které vedly do jeho pokoje.

La porte était donc déjà ouverte avant même qu'on puisse le voir.

Takže dveře byly otevřené ještě předtím, než ho někdo mohl vidět.

Il lui fallait ensuite se faufiler autour de la porte elle-même.

Pak se musel sám obejít kolem dveří.

Ce mouvement difficile a également nécessité beaucoup d'efforts.

I tento obtížný pohyb vyžadoval velké úsilí.

Il ne voulait pas tomber maladroitement dans la pièce voisine.

Nechtěl nešikovně spadnout do vedlejší místnosti.

Il n'avait donc pas le temps de prêter attention à quoi que ce soit d'autre.

Takže neměl čas věnovat pozornost ničemu jinému.

Mais il entendit alors le chef de bureau s'exclamer bruyamment : « Oh ! »

Ale pak slyšel, jak prokurista hlasitě vykřikl: „Ach!“

On aurait dit que le vent soufflait en rafales dans la maison.

Znělo to, jako by domem profukoval vítr.

Il se trouvait être celui qui était le plus proche de la porte.

Shodou okolností byl ten nejblíže ke dveřím.

Et maintenant, en le voyant, il porta sa main à sa bouche.

A teď, když ho uviděl, si přiložil ruku k ústům.

Il recula lentement, s'éloignant de Gregor.

Pomalu se pohnul dozadu, pryč od Gregora.

Mais c'était comme si une force invisible agissait sur lui.

Ale bylo to, jako by na něj působila neviditelná síla.

La première chose que fit la mère fut de regarder le père.

První věc, kterou matka udělala, bylo, že se podívala na otce.

Malgré la présence du gérant, ses cheveux étaient en désordre.

Přestože byla přítomna manažerka, měla rozcuchané vlasy.

Elle déplia les bras et fit deux pas en avant.

Rozpřáhla ruce a udělala dva kroky vpřed.

Mais elle s'est effondrée au milieu de sa jupe.

Ale pak se zhroutila uprostřed sukně.

Sa robe s'est étalée tout autour d'elle sur le sol.

Její šaty se rozprostřely kolem ní po podlaze.

Et sa tête disparut sur sa poitrine.

A její hlava zmizela na jejích vlastních prsou.

Le père serra le poing avec une expression hostile.

Otec s nepřátelským výrazem zatnul pěst.
Il semblait vouloir que Gregor soit renvoyé dans sa chambre.
Zdálo se, že chce Gregora zatlačit zpátky do svého pokoje.
Il jeta ensuite un regard incertain autour du salon.
Pak se nejistě rozhlédl po obývacím pokoji.
Et finalement, il se couvrit les yeux entre ses mains.
A nakonec si zakryl oči dlaněmi.
Et il pleura amèrement jusqu'à ce que sa poitrine puissante tremble.
A hořce plakal, až se mu mohutná hruď třásla.
Gregor n'est en réalité pas entré dans leur chambre.
Gregor ve skutečnosti vůbec nešel do jejich pokoje.
Au lieu de cela, il s'appuya contre le cadre de la porte.
Místo toho se opřel o rám dveří.
Seule la moitié de son corps était visible de l'extérieur.
Pro ty zvenčí byla viditelná jen polovina jeho těla.
Et sur son corps reposait sa tête, inclinée sur le côté.
A na těle měl hlavu nakloněnou na stranu.
La lumière était désormais devenue beaucoup plus vive qu'auparavant.
Světlo se mezitím stalo mnohem jasnějším než dříve.
On pouvait désormais voir clairement l'autre côté de la rue.
Teď už bylo jasně vidět druhou stranu ulice.
Une partie de l'hôpital gris et interminable se dévoila.
Odhalila se část nekonečné, šedé nemocnice.
La pluie matinale n'avait pas encore complètement cessé de tomber.
Ranní déšť ještě úplně nepřestal padat.
Mais maintenant, les gouttes de pluie étaient plus grosses et plus espacées.
Ale teď byly kapky deště větší a dále od sebe.
Les plats du petit-déjeuner étaient disposés en abondance sur la table.
Snídaňového jídla bylo na stole v hojné míře.
Le père considérait le petit-déjeuner comme le repas le plus important.

Otec považoval snídani za nejdůležitější jídlo.

Le petit-déjeuner était un repas qu'il s'éternisait pendant des heures.

Snídaně byla jídlo, které vlekl celé hodiny.

Et pendant ces heures, il lisait les différents journaux.

A v těchto hodinách četl různé noviny.

Juste en face, sur le mur, était accrochée une photo de Gregor.

Hned na protější zdi visela Gregorova fotografie.

La photographie accrochée au mur le montrait en lieutenant.

Fotografie na zdi ho ukazovala v hodnosti poručíka.

C'était une photo de l'époque où il était dans l'armée.

Byla to fotka z doby, kdy strávil v armádě.

Sa main était posée sur son épée, et il arborait un sourire insouciant.

Ruku měl na meči a na tváři měl bezstarostný úsměv.

Sa posture et son uniforme imposaient un certain respect.

Jeho držení těla a uniforma vyžadovaly jistý respekt.

L'autre porte qui menait à l'antichambre était également ouverte.

Druhé dveře, které vedly do předsíně, byly také otevřené.

Et la porte de l'appartement était encore ouverte elle aussi.

A dveře do bytu byly stále otevřené.

On pouvait voir jusqu'à la cour de l'immeuble.

Bylo vidět až na dvůr bytu.

Puis les escaliers descendaient sur la rue en contrebas.

A pak schody vedly dolů na ulici.

Gregor était le seul à avoir gardé son sang-froid.

Gregor byl jediný, kdo si zachoval klid.

Il a constaté cela, la conversation était donc de sa responsabilité.

Viděl to, takže rozhovor byl jeho zodpovědností.

« Bon, je vais m'habiller pour le travail maintenant », dit-il.

„No, teď se jdu obléknout do práce," řekl.

« Une fois que j'aurai emballé les échantillons de tissu, je partirai. »

„Až si sbalím vzorky textilií, odejdu."

«Vous comptez toujours me tirer dessus, Monsieur Prokurist ?»

„Stále mě máte v úmyslu vyhodit, pane Prokuriste?"

« Comme vous pouvez le constater, je ne suis pas aussi têtue que vous le pensiez. »

„Jak vidíš, nejsem tak tvrdohlavý, jak sis myslel."

« Et vous pouvez constater que j'aime bien travailler, après tout. »

„A vidíš, že koneckonců rád pracuji."

« Je peux admettre que voyager pour le travail n'est pas facile. »

"Mohu přiznat, že cestování za prací není snadné."

« Mais je peux aussi accepter que cela fasse partie de mon travail. »

„Ale dokážu také akceptovat, že je to součást mé práce."

« Chef de projet, où allez-vous ? Retournez-vous au bureau ? »

„Manažere, kam jdete? Zpátky do kanceláře?"

« Allez-vous rapporter fidèlement tout ce que vous avez vu ? »

„Budete pravdivě informovat o všem, co jste viděl?"

«Il arrive parfois qu'on soit dans l'incapacité d'aller travailler.»

"Někdy se stane, že člověk nemůže chodit do práce."

« C'est le moment idéal pour se souvenir des succès passés. »

"To je ten správný čas vzpomenout si na minulé úspěchy."

« Une fois la difficulté surmontée, on travaille encore mieux. »

"Po odstranění obtíží se člověku pracuje ještě lépe."

« Ma diligence et ma concentration vont augmenter. »

"Moje píle a soustředění se budou zvyšovat."

«Vous savez très bien que je suis redevable envers le patron.»

„Víš moc dobře, že jsem šéfovi zavázán."

« Mais je suis aussi inquiète pour mes parents et ma sœur. »

„Ale také se bojím o své rodiče a sestru."

« Je suis dans une situation délicate, mais je vais m'en sortir. »

"Jsem v těžké situaci, ale zvládnu to."

« Ne compliquez pas davantage les choses. »

„Nedělej to ještě těžší, než to už je."

« En tant que collègues, nous devons aussi nous entraider. »

"Jako spolupracovníci si také musíme navzájem pomáhat."

« Je sais que les employés de bureau n'aiment pas les voyageurs. »

„Vím, že úředníci nemají rádi cestovatele."

«Vous croyez qu'on gagne des fortunes et qu'on mène une vie confortable.»

„Myslíš si, že vyděláváme jmění a vedeme dobrý život."

« Ils n'ont aucune raison valable de tenir compte de leurs préjugés. »

"Nemají žádný skutečný důvod, aby se zabývali svými předsudky."

« Mais vous, agent habilité, votre rôle est différent. »

„Ale vy, pověřený úředníku, máte jinou roli."

«Vous avez une meilleure vue d'ensemble que les autres membres du personnel.»

"Máte lepší přehled než ostatní zaměstnanci."

« En fait, je pense que vous avez peut-être la meilleure vue d'ensemble. »

„Vlastně si myslím, že máte nejlepší přehled."

«Vous avez une meilleure vision d'ensemble que le patron lui-même.»

„Máte lepší přehled než sám šéf."

« J'admets que c'est le patron qui fait le travail d'entrepreneur. »

„Připouštím, že šéf dělá podnikatelskou práci."

« Mais il est facile de se tromper dans ses jugements. »

„Ale jeho úsudky se snadno nechají zmást."

« Et ces petites erreurs de jugement peuvent nous être préjudiciables. »

"A tyto malé chybné úsudky nám mohou být na škodu."

«Vous savez combien il est facile de parler du voyageur.»

„Víš, jak snadné je mluvit o cestovateli."

« Il n'est pas là pour défendre sa réputation contre les rumeurs. »

„Není tam proto, aby bránil svou pověst před drby."

« Ces accusations peuvent très bien n'être que des coïncidences. »

"Tato obvinění mohou být snadno jen náhody."

« Nombre de ces plaintes ne reposent même sur aucune vérité. »

„Mnoho stížností se ani nezakládá na žádné pravdě."

«Il est absent du bureau pendant presque toute l'année.»

"Je mimo kancelář téměř celý rok."

«Quelles chances a-t-il de défendre sa propre réputation ?»

„Jakou má šanci hájit si vlastní pověst?"

«Il n'a même pas connaissance des accusations.»

„O obviněních se ani nedozví."

«Il découvre ce qui a été dit lorsqu'il est trop tard.»

„Zjistí, co bylo řečeno, až když je příliš pozdě."

« À ce stade, il est épuisé par le voyage de la journée. »

„V té době je už vyčerpaný z celodenní cesty."

« Il devra de toute façon en subir les terribles conséquences. »

"Stejně musí zažít ty hrozné následky."

« Même s'il n'a aucun moyen de comprendre le problème. »

"I když nemá jak problém pochopit."

« Oh, manager, ne partez pas sans me dire un mot. »

"Ach, manažere, neodcházejte beze slova."

«Dites-moi au moins que vous êtes d'accord avec moi en partie.»

„Aspoň mi řekni, že se mnou částečně souhlasíš."

Mais le directeur s'était détourné de Gregor bien plus tôt.

Ale manažer se od Gregora odvrátil mnohem dříve.

Son épaule tressaillit lorsqu'il se retourna vers Gregor.

Když se podíval zpět na Gregora, zachvělo se mu rameno.

Et il n'est pas resté immobile une seule fois pendant tout son discours.

A během projevu se ani jednou nezastavil.

Il se retournait vers Gregor, les lèvres pincées.

Díval se na Gregora se sevřenými rty.

Il reculait progressivement vers la porte.

Pomalu ustupoval ke dveřím.

Mais il ne pouvait pas non plus détacher son regard de Gregor.

Ale nemohl spustit oči ani z Gregora.

Il avait l'impression qu'il lui était secrètement interdit de quitter la pièce.

Měl pocit, jako by existoval tajný zákaz opustit místnost.

Mais à ce stade, il se trouvait déjà dans le hall d'entrée.

Ale v této fázi už byl ve vstupní hale.

Et soudain, il fit un mouvement vers la sortie.

A teď prudce zamířil k východu.

Il tendit la main droite vers les escaliers.

Natáhl pravou ruku ke schodům.

Peut-être qu'une force surnaturelle attendait pour le sauver.

Možná na něj čekala nadpřirozená síla, aby ho zachránila.

Gregor savait qu'il ne pouvait pas le laisser partir comme ça.

Gregor věděl, že ho nemůže nechat jen tak odejít.

Le manager ne doit pas revenir dans le même état d'esprit qu'avant.

Manažer se nesmí vrátit v takové náladě, v jaké byl.

La sécurité de l'emploi de Gregor était fortement menacée.

Bezpečnost Gregorova zaměstnání byla velmi ohrožena.

Les parents ne comprenaient pas tout cela.

Rodiče tomu všemu nemohli plně porozumět.

Au fil des ans, ils s'étaient habitués à sa sécurité d'emploi.

Během let si zvykli na jeho jistotu zaměstnání.

Et ils étaient convaincus qu'il avait ce poste à vie.

A byli přesvědčeni, že tohle povolání má na celý život.

Au lieu de cela, ils s'étaient préoccupés d'autres soucis.

Místo toho byli zaneprázdněni jinými starostmi.

Mais ces préoccupations leur ont fait perdre toute prévoyance.

Ale tyto obavy je vedly ke ztrátě veškeré předvídavosti.

Gregor, cependant, n'avait pas perdu la clairvoyance de ses parents.

Gregor však neztratil rodičovu předvídavost.

Il a fallu que quelqu'un arrête le représentant autorisé.

Někdo musel zastavit oprávněného zástupce.

Il allait devoir le calmer et le convaincre.

Bude ho muset uklidnit a přesvědčit.

L'avenir de Gregor et de sa famille en dépendait !

Budoucnost Gregora a jeho rodiny na tom závisela!

Si seulement sa sœur intelligente avait été là pour l'aider.

Kéž by tu byla ta inteligentní sestra a pomohla.

Elle avait déjà pleuré alors que Gregor était encore dans sa chambre.

Už plakala, když byl Gregor ještě ve svém pokoji.

À ce moment-là, il était simplement allongé tranquillement sur le dos.

V tu chvíli jen tiše ležel na zádech.

Elle connaissait déjà l'importance de la situation à ce moment-là.

Už tehdy si uvědomovala důležitost situace.

Le directeur était connu pour avoir un faible pour les femmes.

Manažer měl pro ženy všeobecně známou slabost.

Elle aurait facilement pu le persuader de rester plus longtemps.

Snadno by ho mohla přesvědčit, aby zůstal déle.

Elle aurait fermé la porte et l'aurait fait rentrer.

Zavřela by dveře a vedla ho zpátky dovnitř.

Mais malheureusement, sa sœur était partie chercher un médecin.

Ale sestra bohužel šla pro lékaře.

Gregor n'avait donc pas d'autre choix que de le faire lui-même.

Gregor tedy neměl jinou možnost, než to udělat sám.

Il n'avait pas réfléchi à quelles étaient réellement ses capacités.

Neuvažoval o tom, jaké jsou jeho skutečné schopnosti.

Et il avait oublié de se méfier de sa capacité à parler.
A zapomněl nedůvěřovat své schopnosti mluvit.
Mais il a néanmoins quitté la sécurité de sa chambre.
Přesto však opustil bezpečí svého pokoje.
Et il se faufila par l'ouverture de la pièce.
A protlačil se otvorem v místnosti.
Le directeur était déjà en train de descendre les escaliers.
Manažer už scházel po schodech.
Mais il s'accrochait à la rambarde à deux mains.
Ale oběma rukama se držel zábradlí.
Gregor tomba en se poussant à travers la porte.
Gregor spadl, když se prodíral dveřmi.
Il laissa échapper un petit cri en cherchant un appui.
Vydal tichý výkřik, když se chytil za oporu.
Mais au lieu de paniquer, il a ressenti un bien-être physique.
Ale spíše než paniku cítil fyzické blaho.
Pour la première fois ce matin-là, quelque chose semblait juste.
Poprvé to ráno se něco zdálo být správné.
Il avait désormais toutes les jambes bien ancrées au sol.
Všechny jeho nohy teď měly pod sebou pevnou půdu pod nohama.
Il était surpris de constater à quel point il contrôlait bien ses jambes.
Překvapilo ho, jak dobře dokáže ovládat nohy.
Il était heureux de constater que ses jambes lui obéissaient parfaitement.
S radostí si všiml, že ho nohy naprosto poslouchají.
En réalité, ses jambes le portaient partout où il le voulait.
Vlastně ho nohy nesly, kam chtěl.
Bientôt, tous ses chagrins allaient prendre fin.
Brzy měly všechny jeho strasti skončit.
Mais au même moment, sa propre mère se leva d'un bond.
Ale v tu samou chvíli vyskočila jeho vlastní matka.
Ses bras étaient tendus et ses doigts écartés.
Měla rozpažené paže a roztažené prsty.

Et elle s'est écriée : « Au secours ! Au nom de Dieu, que quelqu'un m'aide ! »

A ona vykřikla: „Pomoc, proboha, někdo pomozte!"

Elle inclina la tête ; elle voulait mieux voir Gregor.

Naklonila hlavu; chtěla Gregora lépe vidět.

Mais contrairement à sa première action, elle est revenue en courant.

Ale v kontrastu s první akcí běžela zpět.

Elle avait oublié que la table était mise derrière elle.

Zapomněla, že za ní byl prostřený stůl.

Tout ce qui était prévu pour le petit-déjeuner était encore sur la table.

Všechny věci k snídani byly stále na stole.

Elle s'assit précipitamment sur la table, comme distraite.

Rychle se posadila na stůl, jako by ji to rozptýlilo.

Et elle n'a pas semblé remarquer le café renversé.

A zdálo se, že si rozlité kávy nevšimla.

Le café était maintenant en train d'imbiber la moquette.

Káva, která se teď vsakovala do koberce.

« Maman, maman », dit doucement Gregor en levant les yeux vers elle.

„Mami, mami," řekl Gregor tiše a vzhlédl k ní.

Pour le moment, le manager ne lui importait pas.

Prozatím pro něj manažer nebyl důležitý.

Mais il y avait aussi le café qui coulait sur la moquette.

Ale také tam byla káva kapající na koberec.

Gregor n'a pas pu s'empêcher de claquer des dents devant le café.

Gregor neodolal a klapl čelistmi do kávy.

La mère se remit à pleurer à cause de son comportement.

Matka se kvůli jeho chování znovu rozplakala.

Elle a sauté de la table pour prendre ses distances avec lui.

Seskočila ze stolu, aby se od něj distancovala.

Et elle s'est réfugiée dans les bras de son père.

A rozběhla se otci do náruče, aby se uchýlila k bezpečí.

Mais Gregor n'avait plus de temps à consacrer à ses parents.

Ale Gregor teď na rodiče neměl čas nazbyt.

L'agent habilité se trouvait déjà dans l'escalier.

Pověřený úředník už byl na schodech.

Il avait le menton appuyé sur la rambarde, pour regarder à l'intérieur de la maison.

Měl bradu opřenou o zábradlí, aby se podíval do domu.

Apparemment, il voulait jeter un dernier coup d'œil au spectacle.

Zřejmě se chtěl na tu podívanou podívat ještě naposledy.

Et Gregor fit un dernier effort pour joindre le directeur.

A Gregor se naposledy pokusil spojit s manažerem.

Il courut vers la porte aussi prudemment qu'il le put.

Běžel ke dveřím tak bezpečně, jak jen dokázal.

Mais le chef de bureau devait se douter de quelque chose.

Ale vrchní úředník musel mít něco podezření.

Parce qu'il a descendu quelques marches et a disparu.

Protože seskočil o několik schodů dolů a zmizel.

« Hein ! » s'écria Gregor, sa voix résonnant dans la cage d'escalier.

„Hm!" zakřičel Gregor a ozvěna se rozléhala schodištěm.

La fuite du manager sembla également déconcerter son père.

Útěk manažera zřejmě zmátl i jeho otce.

Jusque-là, il était parvenu à garder son calme.

Do té doby se mu dařilo zachovat si docela klid.

Mais malheureusement, lui aussi a perdu le sang-froid qu'il avait eu.

Ale bohužel i on ztratil dřívější rozvahu.

Il aurait dû aider Gregor dans sa quête.

Měl Gregorovi v jeho pronásledování pomoci.

Mais, d'une main, il saisit la canne du directeur.

Ale jednou rukou chytil manažerovu hůl.

Et dans l'autre main, il tenait maintenant un journal.

A v druhé ruce teď držel noviny.

Et il entravait désormais directement Gregor dans sa poursuite.

A teď přímo překazil Gregorovi v jeho pronásledování.

Il s'était placé entre Gregor et la rue.

Postavil se mezi Gregora a ulici.

Il tapa du pied et agita le bâton et le journal.

Dupal nohama a zamával klackem s novinami.

Et il forçait activement Gregor à retourner dans sa chambre.

A aktivně nutil Gregora zpátky do jeho pokoje.

Aucune des demandes formulées par Gregor n'a été utile.

Žádná z Gregorových žádostí nepomohla.

Parce qu'aucune de ses demandes n'a été comprise.

Protože žádná z jeho žádostí nebyla pochopena.

Il tourna la tête vers un angle plus profond et plus humble.

Otočil hlavu do hlubšího, pokornějšího úhlu.

Mais son père répondit en tapant du pied encore plus fort.

Ale jeho otec odpověděl ještě silnějším dupáním nohama.

La mère ouvrit une fenêtre, malgré la fraîcheur ambiante.

Matka otevřela okno, i když bylo chladno.

Et elle enfouit son visage dans ses mains froides.

A v chladu si skryla obličej do dlaní.

Le vent pouvait désormais traverser tout l'appartement.

Vítr teď mohl projít celým bytem.

Un fort courant d'air soufflait de l'escalier vers la ruelle.

Od schodiště do uličky foukal silný průvan.

Les rideaux claquaient sous l'effet du vent violent.

Záclony vlály v silném větru.

Et le journal posé sur la table bruissait dans le vent.

A noviny na stole šustily ve větru.

Même des feuilles ont été soufflées à l'intérieur de la maison depuis l'extérieur.

Dokonce i nějaké listí nafouklo do domu zvenčí.

Le père tapa du pied et poussa sans relâche.

Otec dupal nohama a neúnavně tlačil.

Et il sifflait et émettait des bruits comme un homme sauvage.

A syčel a vydával zvuky jako divoký muž.

Mais Gregor ne s'était pas encore entraîné à marcher à reculons.

Ale Gregor ještě neměl nacvičenou chůzi pozpátku.

Même Gregor admettrait que ce mouvement était beaucoup plus lent.

Dokonce i Gregor by připustil, že tento pohyb byl mnohem pomalejší.

Tout ce qu'il souhaitait, c'était avoir la possibilité de faire demi-tour.

Jediné, co ale chtěl, byla příležitost se otočit.

Il serait alors allé directement dans sa chambre.

Pak by šel hned do svého pokoje.

Mais il avait trop peur d'impatienter son père.

Ale příliš se bál, že by otce znervóznil.

Et il y avait la menace d'un coup de bâton.

A hrozila i rána holí.

Un tel coup à l'arrière de la tête pourrait être fatal.

Takový úder do zadní části hlavy by mohl být smrtelný.

Mais finalement, Gregor n'avait pas d'autre choix.

Ale nakonec Gregorovi nezbylo nic jiného.

Il s'est rendu compte qu'il ne pouvait même plus marcher droit à reculons.

Uvědomil si, že nedokáže chodit ani dozadu rovně.

Il commença à se retourner aussi vite qu'il le put.

Začal se otáčet tak rychle, jak jen dokázal.

Mais en réalité, ce mouvement de rotation était tout aussi lent.

Ale ve skutečnosti byl tento otáčecí pohyb stejně pomalý.

Et il fut suivi des regards anxieux du père.

A otec ho sledoval úzkostlivými pohledy.

Peut-être le père avait-il remarqué les bonnes intentions de Gregor.

Možná si otec všiml Gregorových dobrých úmyslů.

Parce qu'il ne l'a pas empêché de se retourner.

Protože mu nebránil v otočení.

Il a même utilisé le bout de son bâton pour guider la rotation.

Dokonce používal špičku své hole k vedení rotace.

Mais Gregor aurait préféré que son père ne lui ait pas sifflé dessus !

Ale Gregor si stále přál, aby na něj otec nezasyčel!

Le sifflement ne fit qu'ajouter à la confusion du moment.

Syčení jen přispělo k danému zmatku.
Puis il a commis une erreur et a tourné dans la mauvaise direction.
A pak udělal chybu a odbočil špatným směrem.
Finalement, il a réussi à se tourner dans la bonne direction.
Nakonec se mu konečně podařilo postavit se správným směrem.
Et il était satisfait des progrès qu'il avait accomplis.
A byl spokojený s pokrokem, kterého dosáhl.
Mais un autre problème est alors devenu encore plus évident.
Ale pak se další problém stal ještě zřetelnějším.
Son corps était trop large pour passer facilement la porte.
Jeho tělo bylo příliš široké na to, aby se snadno vešlo dveřmi.
Dans son état actuel, le père ne s'en est pas aperçu.
V jeho současném stavu si toho otec nevšiml.
Il ne lui vint donc pas à l'esprit d'ouvrir davantage la porte.
Takže ho nenapadlo otevřít dveře dál.
Il y aurait alors eu suffisamment de place pour Gregor.
Pak by tam byl dostatek místa pro Gregora.
Sa seule priorité était de faire entrer Gregor dans sa chambre.
Jeho jedinou prioritou bylo dostat Gregora do svého pokoje.
Il aurait dû se lever pour passer la porte.
Musel by se postavit, aby se protáhl dveřmi.
Mais le père n'aurait pas permis une telle manœuvre.
Ale otec by takový manévr nedovolil.
En fait, il le sifflait encore plus sauvagement qu'avant.
Vlastně na něj syčel ještě divočeji než předtím.
On aurait dit qu'il y avait plus d'un homme qui lui sifflait dessus.
Znělo to, jako by na něj syčel víc než jen jeden muž.
Ses revendications semblaient revêtir une nouvelle urgence.
Jeho požadavky jako by měly novou naléhavost.
Il n'y avait vraiment plus de temps à perdre.
Teď už opravdu nebyl čas na blbnutí.
Quoi qu'il arrive, Gregor devait franchir la porte.

Ať se stalo cokoli, Gregor se musel dostat dveřmi.

Il s'est imposé sans aucun égard pour lui-même.

Protlačil se dál bez jakékoli sebeúcty.

Un côté de son corps fut projeté vers le haut par le mouvement.

Jedna strana jeho těla byla pohybem tlačena nahoru.

Et il était allongé de travers, maladroitement, dans l'embrasure de la porte.

A ležel neohrabaně a křivě mezi dveřmi.

Un de ses flancs était à vif à cause du frottement contre le bois.

Jeden z jeho boků byl odřený o dřevo.

Et il avait laissé des taches disgracieuses sur la porte peinte en blanc.

A na bíle natřených dveřích zanechal ošklivé skvrny.

Les jambes d'un de ses côtés pendaient en tremblant dans le vide.

Nohy na jedné straně mu třásly se ve vzduchu.

Ses autres jambes étaient douloureusement enfoncées dans le sol.

Jeho ostatní nohy byly bolestivě přitisknuté k podlaze.

Bientôt, il allait se retrouver complètement coincé entre la porte et le mur.

Brzy bude mezi těmi dveřmi úplně zaseknutý.

Et alors, il n'aurait plus pu bouger du tout.

A pak by se vůbec nemohl pohnout.

Mais le père lui a donné une forte impulsion véritablement libératrice.

Ale otec mu dal skutečně osvobozující silný impuls.

Et il tomba, ensanglanté, loin dans sa chambre.

A silně krváceje spadl hluboko do svého pokoje.

Le père claqua la porte derrière lui avec sa canne.

Otec za sebou práskl dveřmi holí.

Et puis, enfin, le calme et la tranquillité revinrent.

A pak konečně zase nastal klid a ticho.

Deuxième partie
Druhá část

Gregor ne s'est réveillé que bien plus tard dans la journée.
Gregor se probudil až mnohem později během dne.
Le crépuscule était tombé ; il avait dormi profondément, inconsciemment.
Padl soumrak; spal tvrdě a bez vědomí.
Il se serait réveillé même sans avoir été dérangé.
Probudil by se i bez vyrušení.
Parce qu'il se sentait suffisamment reposé et avait bien dormi.
Protože se cítil dostatečně odpočatý a dobře vyspalý.
Mais il crut entendre quelques pas furtifs à l'extérieur.
Ale zdálo se mu, že venku slyšel nějaké letmé kroky.
Et quelqu'un aurait pu refermer soigneusement la porte d'entrée.
A někdo možná opatrně zavřel vchodové dveře.
La lumière du tramway électrique se projetait faiblement au plafond.
Světlo elektrické tramvaje leželo bledě na stropě.
Le dessus du meuble a également reçu un peu de lumière.
Vršek nábytku také dostal trochu světla.
Mais en bas, au niveau de Gregor, il faisait sombre.
Ale dole na zemi, na Gregorově úrovni, byla tma.
Ses jambes le poussèrent lentement de nouveau vers la porte.
Jeho nohy ho pomalu tlačily zpět ke dveřím.
Il était très curieux de voir ce qui s'était passé là-bas.
Byl velmi zvědavý, co se tam stalo.
Mais le contrôle de ses antennes n'était pas encore développé.
Ale jeho ovládání citů ještě nebylo vyvinuto.
Bien qu'il ait commencé à apprécier ces nouveaux capteurs.
I když si tyto nové senzory začal vážit.
Une longue et disgracieuse cicatrice semblait lui barrer le flanc gauche.

Po levé straně se mu zdánlivě táhla dlouhá nepříjemná jizva.

La cicatrice lui donnait l'impression de contracter ce côté de son corps.

Jizva jako by mu stahovala tu stranu těla.

Il devait donc littéralement boiter en s'appuyant sur ses deux rangées de pattes.

A tak musel doslova kulhat na svých dvou řadách nohou.

L'une de ses jambes avait été grièvement blessée ce matin-là.

Toho rána měl vážně zraněnou jednu nohu.

C'était vraiment un miracle qu'il ne se soit pas cassé plus de jambes.

Byl to vlastně zázrak, že si nezlomil další nohy.

Et il traîna donc sa jambe blessée, inerte, derrière lui.

A tak si bezvládně vláčel zraněnou nohu za sebou.

Lorsqu'il atteignit la porte, il réalisa quelque chose de profond.

Když došel ke dveřím, uvědomil si něco hlubokého.

C'était l'odeur de quelque chose qui l'avait attiré là.

Byl to zápach něčeho, co ho tam zlákalo.

Quelque chose de comestible avait été laissé pour Gregor dans sa chambre.

Pro Gregora nechali v pokoji něco jedlého.

Des morceaux de pain blanc flottant dans un bol de lait sucré.

Kousky bílého chleba plovoucí v misce sladkého mléka.

Il pouvait à peine contenir la joie qui l'habitait.

Jen stěží dokázal potlačit radost, která v něm drásala.

Il avait encore plus faim maintenant que le matin.

Měl teď ještě větší hlad než ráno.

Il plongea aussitôt la tête dans le bol de lait.

Okamžitě ponořil hlavu do misky s mlékem.

Le lait lui recouvrait presque toute la tête, jusqu'aux yeux.

Mléko mu vytékalo skoro z hlavy, až k očím.

Mais il a rapidement retiré sa tête, amèrement déçu.

Ale brzy zaklonil hlavu, hořce zklamaný.

L'alimentation était difficile en raison de la fragilité de son côté gauche.

Jídlo bylo obtížné kvůli jeho citlivé levé straně.

Et il ne pouvait manger qu'en haletant de tout son corps.

A jíst mohl jen lapáním po dechu celým tělem.

Mais ce n'était pas la véritable raison de sa déception.

Ale to nebyl pravý důvod jeho zklamání.

Le lait avait toujours été l'un de ses plats préférés.

Mléko vždycky patřilo k jeho nejoblíbenějším jídlům.

Il ne doutait pas que sa sœur s'en souvenait.

Nepochyboval o tom, že si to jeho sestra pamatovala.

Et c'est pour cela qu'elle lui avait donné du lait.

A to byl důvod, proč mu dala mléko.

Il n'a pas su expliquer pourquoi il n'aimait plus le lait.

Nedokázal vysvětlit, proč teď nemá rád mléko.

Et il se détourna du bol presque à contrecœur.

A odvrátil se od misky téměř s neochotou.

Déçu, il retourna en rampant au milieu de la pièce.

Zklamaný se odplazil zpátky doprostřed místnosti.

De là, il pouvait voir à travers la fente de la porte.

Zde mohl vidět skrz škvíru ve dveřích.

Il pouvait voir que le feu était allumé dans le salon.

Viděl, že v obývacím pokoji hoří krb.

Habituellement, à cette heure-ci, le père lisait le journal.

Obvykle v tuto dobu otec četl noviny.

Il avait toujours l'habitude de lire à sa mère à voix haute.

Vždycky četl matce zvýšeným hlasem.

Parfois, la sœur écoutait aussi les conversations du père.

Někdy i sestra poslouchala otce.

Elle avait toujours parlé à Gregor de ces lectures à voix haute.

Vždycky Gregorovi o tomhle čtení nahlas vyprávěla.

Mais aujourd'hui, aucun son ne provenait de la pièce.

Ale dnes se z místnosti neozval žádný zvuk.

Peut-être cette habitude s'était-elle déjà perdue.

Možná, že tento zvyk už vyšel z praxe.

Un silence profond s'était installé dans tout l'appartement.

V celém bytě se rozhostilo hluboké ticho.

Bien qu'il sût que l'appartement n'était certainement pas vide.

I když věděl, že byt rozhodně není prázdný.

« Quelle vie tranquille mène cette famille », pensa Gregor.

„To je ale klidný život," pomyslel si Gregor.

Et il fixa l'obscurité avec une grande fierté.

A s velkou hrdostí zíral do tmy.

Il était fier de la vie qu'il avait pu leur offrir.

Byl hrdý na život, který jim mohl dát.

Il était fier du bel appartement qu'ils occupaient.

Byl hrdý na krásný byt, ve kterém žili.

Mais cette paix était-elle sur le point de connaître une fin tragique ?

Ale měl veškerý tento mír skončit hrozným způsobem?

Allait-on leur ravir leur prospérité ?

Měla jim být odebrána prosperita?

Leur bonheur était-il désormais incertain pour l'avenir ?

Byla jejich spokojenost v budoucnu nyní nejistá?

Mais il ne voulait pas se perdre dans de telles pensées.

Ale nechtěl se v takových myšlenkách ztratit.

Pour s'occuper, il grimpait et descendait les murs.

Aby se něčím zaměstnával, plazil se po zdech nahoru a dolů.

Durant cette longue soirée, une porte était entrouverte.

Během dlouhého večera se jedny dveře lehce pootevřely.

Et à un autre moment, l'autre porte s'ouvrit légèrement.

A jindy se druhé dveře trochu pootevřely.

Mais à chaque fois, les portes se sont refermées aussitôt.

Ale v obou případech se dveře rychle zase zavřely.

De toute évidence, quelqu'un à l'extérieur souhaitait entrer.

Někdo zvenčí měl evidentně touhu vejít dovnitř.

Mais ils avaient aussi trop d'inquiétudes à l'idée de venir.

Ale také měli příliš mnoho obav z příchodu.

Gregor s'arrêta alors net devant la porte du salon.

Gregor se nyní zastavil přímo u dveří obývacího pokoje.

Il était déterminé à trouver un moyen de tenter le visiteur hésitant.

Byl odhodlán váhajícího návštěvníka nějak nalákat.

Il voulait aussi savoir qui était le visiteur.

A také chtěl vědět, kdo byl ten návštěvník.

Mais ce soir-là, la porte ne fut pas ouverte une troisième fois.

Ale toho večera se dveře potřetí neotevřely.

Et Gregor passa son temps à attendre en vain près de la porte.

A Gregor marně trávil čas čekáním u dveří.

Plus tôt dans la journée, ils avaient tous voulu entrer dans la pièce.

Dříve toho dne chtěli všichni vejít do místnosti.

Maintenant que les portes étaient déverrouillées, ce serait plus facile pour eux.

Teď, když byly dveře odemčené, to pro ně bylo jednodušší.

Mais ils ont choisi de rester de l'autre côté de la pièce.

Ale rozhodli se zůstat na druhé straně místnosti.

Gregor remarqua que les clés n'étaient plus dans leurs serrures.

Gregor si všiml, že klíče už nejsou v zámcích.

Quelqu'un a dû déplacer les clés vers la serrure extérieure.

Někdo musel přesunout klíče k vnějšímu zámku.

Ce n'est que tard dans la nuit que la lumière du salon était éteinte.

Teprve pozdě v noci zhaslo světlo v obývacím pokoji.

La famille a dû rester éveillée tout ce temps.

Rodina musela celou dobu zůstat vzhůru.

Et Gregor pouvait clairement les entendre s'éloigner sur la pointe des pieds.

A Gregor je jasně slyšel, jak se po špičkách vzdalují.

Désormais, personne n'allait venir voir Gregor avant le lendemain matin.

Teď už za Gregorem nikdo nepřijde až do rána.

Il eut donc tout le temps d'être seul, de réfléchir en toute tranquillité.

Měl tedy spoustu času pro sebe, aby nerušeně přemýšlel.

Quelle serait la meilleure façon de réorganiser sa vie maintenant ?

Jaký by byl nejlepší způsob, jak si teď reorganizovat život?

Mais les hauts murs de la pièce vide l'effrayaient.
Ale vysoké zdi prázdné místnosti ho děsily.
Il n'avait pas d'autre choix que de s'allonger à plat ventre sur le sol.
Neměl jinou možnost, než se položit na zem.
Et il n'a jamais trouvé la cause de sa peur dans cet espace.
A v tom prostoru nikdy nenašel příčinu svého strachu.
C'était la même pièce où il avait vécu pendant cinq ans.
Byl to ten samý pokoj, ve kterém žil pět let.
Semi-consciemment, il fit un mouvement vers le canapé.
Napůl bezděčně se pohnul k pohovce.
Et sans aucune honte, il se cacha sous le canapé.
A bez jakéhokoli studu se schoval pod pohovku.
Là-bas, il se sentit immédiatement de nouveau très à l'aise.
Tam dole se okamžitě cítil zase velmi pohodlně.
Bien que son dos soit un peu comprimé.
Přestože měl trochu otlačená záda.
Il ne pouvait plus non plus lever la tête sous le canapé.
Už nemohl ani zvednout hlavu pod pohovkou.
Mais même cela, il préférait éviter de se trouver dans un espace ouvert.
Ale i tomu dával přednost před jakýmkoli otevřeným prostranstvím.
Il regrettait toutefois que son corps soit si large.
Litoval však, že jeho tělo bylo tak široké.
Le canapé ne pouvait pas recouvrir entièrement son corps.
Pohovka nemohla zcela zakrýt celé jeho tělo.
Il est resté sous le canapé toute la nuit.
Zůstal pod pohovkou celou noc.
Il passa la nuit à moitié endormi, troublé par sa faim.
Noc strávil v napůl spáncích, vyrušený hladem.
Et le temps qu'il passait éveillé, il le consacrait soit à s'inquiéter, soit à espérer.
A čas, kdy byl vzhůru, trávil buď starostmi, nebo nadějí.
Mais tous ses vagues espoirs menaient à la même conclusion.
Ale všechny jeho neurčité naděje vedly ke stejnému závěru.

Il n'avait d'autre choix que de rester silencieux pour le moment.

Neměl jinou možnost, než prozatím mlčet.

Il devait faire preuve de patience et de considération envers la famille.

Musel projevit trpělivost a ohleduplnost k rodině.

C'était le seul moyen de rendre ce désagrément supportable.

Byl to jediný způsob, jak si tu nepříjemnost udělat snesitelnou.

Le désagrément qu'il imposait désormais à la famille.

Nepříjemnosti, které teď rodině způsoboval.

Il n'a pas eu à attendre longtemps pour prouver sa compassion.

Nemusel dlouho čekat, než prokázal svůj soucit.

Tôt le matin, sa sœur jeta un coup d'œil dans sa chambre.

Brzy ráno se sestra podívala do jeho pokoje.

En réalité, c'était autant la nuit que le matin.

I když ve skutečnosti byla stejně tak noc jako ráno.

Elle était entièrement habillée et semblait éprouver de l'excitation.

Byla kompletně oblečená a zdálo se, že projevuje vzrušení.

La solidité de sa décision nouvellement prise pourrait être mise à l'épreuve.

Síla jeho nově učiněného rozhodnutí mohla být prověřena.

Elle ne l'a pas immédiatement repéré au premier coup d'œil.

Nenašla ho hned na první pohled.

Il devait forcément être quelque part ; il n'aurait pas pu s'envoler.

Musel někde být, nemohl uletět.

Puis son regard parcourut une seconde fois la pièce.

Ale pak její oči znovu přelétly po místnosti.

Et cette fois, elle a aperçu son torse sous le canapé.

A tentokrát zahlédla jeho trup pod pohovkou.

Elle était si effrayée qu'elle a perdu tout contrôle d'elle-même.

Byla tak vyděšená, že ztratila veškerou sebekontrolu.

Et sa première réaction fut de claquer la porte à nouveau.

A její první reakcí bylo znovu prásknout dveřmi.

Mais elle a aussi semblé immédiatement regretter son comportement.

Ale zdálo se, že svého chování okamžitě litovala.

Aussitôt qu'elle eut claqué la porte, elle la rouvrit.

Jakmile práskla dveřmi, znovu je otevřela.

Et cette fois, elle entra dans la pièce sur la pointe des pieds.

A tentokrát se opatrně po špičkách vkradla do místnosti.

Elle se déplaçait comme si elle rendait visite à une personne gravement malade.

Pohybovala se, jako by navštěvovala těžce nemocného člověka.

Ou bien elle rendait visite à un parfait inconnu.

Nebo mohla navštívit úplně cizího člověka.

Gregor poussa sa tête presque jusqu'au bord du canapé.

Gregor strčil hlavu téměř k okraji pohovky.

Et, caché sous le coffre-fort, il l'observait dans la pièce.

A zpod trezoru ji pozoroval v pokoji.

Allait-elle remarquer qu'il avait oublié le lait ?

Všimne si, že tam nechal mléko?

Il n'avait pas laissé le lait par manque de faim.

Neopustil mléko, protože by neměl hlad.

Allait-elle lui apporter un autre plat ?

Přinese mu místo toho jiné jídlo?

Peut-être un plat qui corresponde mieux à ses goûts.

Možná pokrm, který by lépe vyhovoval jeho preferencím.

Mais elle aurait dû remarquer elle-même son appétit.

Ale jeho chuti k jídlu si musela všimnout sama.

Il aurait préféré mourir de faim plutôt que de lui en parler.

Raději by zemřel hlady, než aby jí to dal najevo.

En réalité, il aurait beaucoup aimé le lui dire.

Vlastně by jí to moc rád řekl.

Il était vraiment tenté de tirer sur lui depuis sous le canapé.

Opravdu ho lákalo vystřelit zpod pohovky.

Il avait envie de se jeter aux pieds de sa sœur.

Chtěl se vrhnout sestře k nohám.

Et il voulait lui demander quelque chose de bon à manger.

A chtěl ji požádat o něco dobrého k jídlu.

Mais la sœur regarda alors le bol de lait.

Ale pak sestra pohlédla k misce s mlékem.

Elle remarqua aussitôt que le bol était encore plein.

Okamžitě si všimla, že mísa je stále plná.

Elle était plutôt surprise que Gregor n'ait rien mangé.

Docela ji překvapilo, že Gregor nic nejedl.

Seul un peu de lait avait été renversé sur le sol.

Na podlahu se rozlilo jen trochu mléka.

Elle a aussitôt ramassé le bol et l'a emporté.

Okamžitě zvedla misku a odnesla ji.

Il vit qu'elle ne ramassait pas le bol à mains nues.

Viděl, že nezvedla misku holýma rukama.

Au lieu de cela, elle ramassa le bol à l'aide d'un des chiffons.

Místo toho zvedla misku jedním z hadrů.

Mais Gregor oublia très vite ce petit détail.

Gregor ale na tento drobný detail velmi rychle zapomněl.

Il était désormais beaucoup plus enthousiaste à propos d'autre chose.

Teď ho mnohem víc nadchlo něco jiného.

Qu'est-ce qu'elle pourrait apporter à la place du lait ?

Co by mohla přinést jako náhradu za mléko?

Il avait diverses idées sur ce qu'elle pourrait apporter.

Měl různé myšlenky o tom, co by mohla přinést.

Mais la gentillesse de sa sœur a dépassé ses espérances.

Ale laskavost jeho sestry předčila jeho očekávání.

Elle comprit qu'elle devait tester ses nouveaux goûts.

Uvědomila si, že musí vyzkoušet, jaké jsou jeho nové chutě.

Elle a donc apporté toute une sélection de plats différents.

Takže přinesla celý výběr různého jídla.

Légumes à moitié pourris, os du repas du soir.

Napůl shnilá zelenina, kosti z večeře.

De la sauce solidifiée provenant de leur autre repas.

Ztuhlá omáčka z předchozího jídla, které snědli.

Quelques raisins secs, des amandes, du pain sec, du pain beurré.

Pár rozinek, trochu mandlí, suchý chléb, máslový chléb.

Du pain beurré et salé.

Trochu chleba, který byl namazaný máslem a také osolený.

Du fromage que Gregor avait déclaré immangeable il y a deux jours.

Sýr, který Gregor před dvěma dny prohlásil za nepoživatelný.

Toute cette sélection de nourriture était disposée sur un journal.

Veškerý tento výběr jídla byl umístěn do novin.

Elle a également placé un bol d'eau à côté de ses repas.

A také mu k jídlu postavila misku s vodou.

Elle savait que Gregor n'aurait pas mangé devant elle.

Věděla, že by Gregor před ní nejedl.

Par respect pour lui, elle quitta de nouveau la pièce.

Z úcty k němu tedy znovu odešla z místnosti.

Et elle a même tourné la clé dans la serrure en partant.

A dokonce otočila klíčem v zámku, když odcházela.

Mais elle tourna la clé très doucement et avec précaution.

Ale otočila klíčem velmi tiše a opatrně.

De cette façon, seul Gregor saurait que la porte était verrouillée.

Takhle by jen Gregor věděl, že jsou dveře zamčené.

Il pouvait désormais s'installer aussi confortablement qu'il le souhaitait.

Teď se mohl usadit tak pohodlně, jak chtěl.

Les jambes de Gregor s'agitaient frénétiquement à l'heure du repas.

Gregorovi se nohy třásly, když nastal čas jídla.

Il est à noter qu'il ne ressentait plus aucune gêne.

Za zmínku stojí, že už necítil žádné nepohodlí.

Ses blessures doivent déjà être complètement guéries.

Jeho rány se už musely úplně zahojit.

Parce qu'il ne ressentait plus ses anciens handicaps.

Protože už necítil své dřívější postižení.

Sa nouvelle capacité de guérison le surprit et l'émerveilla.

Jeho nová schopnost léčit ho překvapila a ohromila.

Il y a plus d'un mois, il s'est coupé le doigt avec un couteau.

Před více než měsícem se řízl nožem do prstu.

Il y a encore deux jours, cette blessure le faisait souffrir.

Ještě před dvěma dny ho ta rána stále bolela.

« Suis-je beaucoup moins sensible maintenant ? » pensa-t-il.

„Jsem teď mnohem méně citlivý?" pomyslel si.

À ce moment-là, il suçait déjà goulûment le fromage.

Tou dobou už chamtivě cucal sýr.

Il était plus attiré par le fromage que par les autres aliments.

Víc než ostatní jídlo ho lákal sýr.

Il mangeait rapidement un morceau de fromage après l'autre.

Rychle snědl jeden kousek sýra za druhým.

Ses yeux s'embuèrent de satisfaction à la vue de ce goût.

Oči se mu slzily uspokojením z jeho chuti.

Après le fromage, il mangea les légumes et la sauce.

Po sýru snědl zeleninu a omáčku.

Cependant, les aliments frais ne lui plaisaient pas.

Čerstvé jídlo mu ale nechutnalo.

En fait, il ne supportait même pas l'odeur des aliments frais.

Vlastně ani nesnesl vůni čerstvého jídla.

Il a même éloigné les autres aliments des aliments frais.

Dokonce i ostatní jídlo odtáhl od čerstvého jídla.

Et il a très vite terminé la nourriture la plus comestible.

A velmi rychle snědl i to nejpoživatelnější jídlo.

Tous ces mets délicieux avaient un effet soporifique sur lui.

Všechno to lahodné jídlo na něj mělo uspávací účinek.

Et il s'allongea paresseusement à l'endroit où il avait mangé.

A líně ležel na místě, kde jedl.

Finalement, sa sœur est revenue prendre de ses nouvelles.

Nakonec se ho jeho sestra vrátila, aby se na něj znovu podívala.

Elle a eu la prévoyance de tourner la clé très lentement.

Měla tu předvídavost, že otočila klíčem velmi pomalu.

Cela a averti Gregor qu'il devait se retirer.

To Gregora varovalo, že by se měl stáhnout.

Étourdi et surpris, il se précipita sous le canapé.

Omámený a polekaný se spěchal zpátky pod pohovku.

Mais rester sous le canapé n'était pas si facile cette fois-ci.

Ale zůstat pod pohovkou tentokrát nebylo tak snadné.

Son corps s'était un peu arrondi à cause de toute cette
nourriture.
Jeho tělo se od všeho toho jídla trochu zakulatilo.
Et il devait se retenir pour ne pas s'épuiser à nouveau.
A musel se ovládat, aby znovu neutekl.
Même si la sœur n'est pas restée longtemps dans la chambre.
I když sestra v pokoji dlouho nezůstala.
Il avait du mal à respirer dans cet espace étroit.
V tom úzkém prostoru se mu těžko dýchalo.
Mais il a surmonté ces petites crises d'étouffement.
Ale protlačil se i přes malé záchvaty dušení.
Les yeux exorbités, il observait les agissements de sa sœur.
S vypoulenýma očima sledoval sestřino dělání.
La sœur, sans se douter de rien, a tout versé dans un seau.
Nic netušící sestra všechno nalila do kbelíku.
Elle s'est non seulement débarrassée de la nourriture que
Gregor n'avait pas mangée, mais elle l'a fait.
Nejenže se zbavila jídla, které Gregor nesnědl.
Mais elle jetait aussi la nourriture qu'il n'avait pas touchée.
Ale také zlikvidovala jídlo, kterého se nedotkl.
Apparemment, cet aliment n'était plus comestible pour
personne.
Zjevně to jídlo už nebylo pro nikoho k jídlu.
Elle referma ensuite le seau à nourriture avec un couvercle
en bois.
Pak zavřela kbelík s jídlem dřevěným víkem.
Et avec la nourriture, le seau et la serpillière, elle est partie.
A s jídlem, kbelíkem a mopem odešla.
Gregor n'aurait pas pu attendre beaucoup plus longtemps.
Gregor by už nemohl dlouho čekat.
Dès qu'elle fut partie, il s'échappa de sous le canapé.
Jakmile odešla, utekl zpod pohovky.
Il s'étira et souffla de soulagement.
A protáhl se a úlevou si oddechl.
C'est ainsi que Gregor recevait de la nourriture de temps à
autre.
Takhle Gregor odteď dostával jídlo.

Sa sœur lui a donné à manger une fois, tôt le matin.
Jeho sestra mu jednou brzy ráno dala jídlo.
À cette heure-ci, les parents et la bonne dormaient encore.
V tuto hodinu rodiče a služebná ještě spali.
Et il a reçu un deuxième repas après le déjeuner de tout le monde.
A druhé jídlo dostal poté, co všichni obědvali.
Car à ce moment-là, les parents dormaient aussi un peu.
Protože v té době si i rodiče chvíli pospali.
Et la servante fut envoyée par la sœur faire une course.
A služebnou poslala sestra pryč s nějakou pochůzkou.
Ils n'avaient certainement aucune intention de laisser Gregor mourir de faim.
Rozhodně neměli v úmyslu Gregora nechat vyhladovět.
Mais ils n'auraient pas voulu le regarder manger non plus.
Ale ani by se na něj při jídle dívat nechtěli.
Les informations fournies par la sœur étaient suffisantes.
To, co sestra zmínila, bylo dostatečné množství informací.
C'était peut-être sa façon d'épargner aux parents leur chagrin.
Možná to byl její způsob, jak ušetřit rodičům zármutek.
Ils avaient déjà suffisamment souffert de ses actes.
Už tak si jeho činy vytrpěli dost.

Le premier jour s'estompait peu à peu dans les mémoires.
První den se pomalu stával vzdálenou vzpomínkou.
Gregor n'avait aucun moyen de savoir ce qui s'était passé ce jour-là.
Gregor neměl jak vědět, co se ten den stalo.
Comment le serrurier a-t-il été conduit hors de l'appartement ?
Jak byl zámečník vyveden z bytu?
Quelles excuses ont finalement satisfait le médecin ?
S jakými výmluvami byl doktor nakonec spokojen?
Il n'avait trouvé aucun moyen de se faire comprendre.
Nenašel žádný způsob, jak se vyjádřit srozumitelně.
Il n'a même pas réussi à communiquer avec sa sœur.

Ani se mu nepodařilo komunikovat se svou sestrou.
Ils en conclurent donc qu'il ne pouvait pas les comprendre.
A tak si mysleli, že jim nerozumí.
C'est pourquoi aucun effort ne fut fait pour lui parler.
A proto se s ním ani nepokusilo promluvit.
Sa sœur venait dans sa chambre tous les matins et à midi.
Jeho sestra chodila k němu do pokoje každé ráno a na oběd.
Mais il devait se contenter d'entendre ses soupirs.
Ale musel se spokojit s tím, že slyšel její vzdechy.
Plus tard, elle s'est un peu plus habituée à la forme de Gregor.
Později si na Gregorovu postavu trochu víc zvykla.
Et elle se sentait un peu plus libre de faire davantage de remarques.
A cítila trochu více svobody, aby mohla učinit další poznámky.
(Même si elle ne s'y habituerait jamais complètement.)
(I když si na něj nikdy úplně nezvykne.)
Et puis Gregor eut de nouveau l'impression qu'on lui parlait un peu plus.
A pak se Gregor cítil zase o něco víc promluvený.
Et il a perçu ce qu'il considérait comme des commentaires amicaux.
A zachytil to, co vnímal jako přátelské poznámky.
"Il a apprécié son repas aujourd'hui", ou "il a tout mangé".
„Dnes si jídlo užil," nebo „snědl všechno."
Mais cela n'arrivait que lorsqu'il avait fini de manger.
Ale to bylo až poté, co snědl všechno své jídlo.
Mais récemment, cela devenait de plus en plus rare.
Ale v poslední době se to stávalo čím dál méně často.
« Il touchait à peine à sa nourriture », disait-elle plus souvent maintenant.
„Skoro se jídla nedotkl," říkala teď častěji.
Et il y avait une pointe de tristesse dans sa voix à chaque fois.
A v jejím hlase byl pokaždé náznak smutku.

Gregor ne pouvait entendre aucune autre nouvelle plus directement.

Gregor nemohl slyšet žádné další zprávy přímočařeji.

Mais il a entendu beaucoup de choses se dire dans les pièces voisines.

Ale zaslechl spoustu zpráv ze sousedních pokojů.

Lorsqu'il a entendu des voix, il a couru vers la porte correspondante.

Když uslyšel hlasy, běžel k odpovídajícím dveřím.

Et il a plaqué tout son corps contre la porte pour entendre.

A celým tělem se přitiskl ke dveřím, aby slyšel.

Toutes les conversations le concernaient d'une manière ou d'une autre.

Všechny rozhovory se ho tak či onak týkaly.

Même lorsque le sujet semblait porter sur autre chose.

I když se zdálo, že téma se týká něčeho jiného.

Cette observation était particulièrement vraie au début.

Toto pozorování platilo zejména v raných dobách.

À chaque repas, ils répétaient la même discussion.

Během každého jídla opakovali stejnou diskusi.

Ils ne savaient toujours pas comment se comporter en sa présence.

Pořád si nebyli jistí, jak se v jeho přítomnosti chovat.

Mais le même sujet a également été abordé entre les repas.

Ale stejné téma se probíralo i mezi jídly.

Parce qu'il y avait toujours deux membres de la famille à la maison.

Protože doma byli vždy dva členové rodiny.

Personne ne voulait rester seul à la maison.

Nikdo nechtěl zůstat doma sám.

Mais laisser l'appartement vide était également hors de question.

Ale nechat byt prázdný také nepřipadalo v úvahu.

La femme de ménage était la seule à ne pas être attachée à l'appartement.

Služebná byla jediná, kdo nebyl vázán k bytu.

Elle avait déjà demandé à partir dès le premier jour.

Už první den požádala o odchod.
Elle s'est agenouillée et a supplié qu'on la renvoie.
Klekla si a prosila, aby ji propustili.
La famille ignorait l'étendue des connaissances de la bonne.
Rodina nevěděla, kolik toho služebná doopravdy ví.
À ce stade, elle n'en avait pas vu plus que quiconque.
V té fázi neviděla víc než kdokoli jiný.
Ce qui s'était passé restait un mystère pour la famille.
Co se stalo, bylo pro rodinu stále záhadou.
Mais un quart d'heure plus tard, elle fit ses adieux.
Ale o čtvrt hodiny později se rozloučila.
Et elle a remercié la famille, les larmes aux yeux.
A se slzami v očích poděkovala rodině.
Mais en réalité, elle les remerciait de l'avoir libérée.
Ale ve skutečnosti jim poděkovala za to, že ji propustili.
**Ils semblaient lui avoir témoigné la plus grande
bienveillance.**
Zdálo se, že jí prokázali největší laskavost.
Elle a même prêté serment, sans qu'on le lui demande.
Dokonce složila přísahu, aniž by o to byla požádána.
Elle a dit qu'elle ne dirait à personne ce qui s'était passé.
Řekla, že nikomu neřekne, co se stalo.
Désormais, la sœur devait cuisiner avec sa mère.
Teď musela sestra vařit společně s matkou.
Mais ce n'était pas vraiment un inconvénient majeur.
Ale tohle vlastně nebyla až tak velká nepříjemnost.
**Parce que de toute façon, ils n'avaient presque rien mangé
tous les deux.**
Protože ti dva stejně skoro nic nejedli.
Gregor surprenait sans cesse la même conversation.
Gregor znovu a znovu zaslechl tentýž rozhovor.
L'un disait à l'autre qu'il devait manger davantage.
Jeden člověk říkal druhému, že musí víc jíst.
**Mais cette personne n'a reçu aucune réponse de son
interlocuteur.**
Ale dotyčná osoba od dané osoby nedostala žádnou odpověď.
« Merci, j'en ai assez », ou quelque chose de similaire.

„Děkuji, mám toho dost" nebo něco podobného.

Peut-être qu'eux non plus ne buvaient plus rien.

Možná už taky nic nepili.

Sa sœur demandait souvent à son père s'il voulait de la bière.

Sestra se často ptala otce, jestli si dá pivo.

Et elle a proposé chaleureusement d'aller chercher la bière elle-même.

A vřele se nabídla, že pivo donese sama.

Le père gardait toujours le silence à sa demande.

Otec na její žádost vždy mlčel.

La sœur devait donc trouver un moyen de dissiper tout doute.

Sestra tedy musela najít způsob, jak odstranit jakékoli pochybnosti.

Et elle a dit qu'elle enverrait la bonne chercher de la bière.

A řekla, že pošle služku pro pivo.

Mais finalement, le père a dit un grand « non » retentissant.

Ale pak otec konečně řekl velké, hlasité „ne".

Puis, on n'a plus évoqué le fait qu'il boive une bière.

Pak se už téma o tom, že si dá pivo, nezmínilo.

Il avait déjà expliqué la situation financière auparavant.

Finanční situaci už vysvětlil dříve.

En fait, il a évoqué les finances dès le premier jour.

Ve skutečnosti se o financích zmínil hned první den.

Il leur a bien fait comprendre quelles étaient les perspectives.

Dobře je upozornil na to, jaké jsou jejich vyhlídky.

Sa propre entreprise avait fait faillite il y a environ cinq ans.

Jeho vlastní podnikání zkrachovalo asi před pěti lety.

De temps en temps, il se levait pour quitter la table.

Občas vstal, aby odešel od stolu.

Et il se dirigea vers la caisse de son ancien commerce.

A šel k pokladně svého starého podniku.

Il avait conservé la caisse enregistreuse par sentimentalisme.

Pokladnu si uložil ze sentimentality.

Gregor l'entendit déverrouiller une serrure lourde et complexe.

Gregor ho slyšel, jak odemyká těžký a složitý zámek.

Et il sortit des reçus et des livres de comptes de la caisse.

A z pokladny vyndal účtenky a knihy.

Après avoir pris les objets, il a refermé la caisse à clé.

Poté, co si věci vzal, pokladnu znovu zamkl.

Gregor n'avait entendu aucune bonne nouvelle depuis son emprisonnement.

Gregor od svého uvěznění neslyšel žádné dobré zprávy.

Il pensait que l'entreprise avait ruiné son père.

Myslel si, že podnikání přivedlo jeho otce k bankrotu.

Le père avait certainement donné cette impression à Gregor.

Otec v Gregorovi jistě zanechal takový dojem.

Et Gregor ne lui a plus jamais posé de questions sur les finances.

A Gregor se ho už nikdy nezeptal na finance.

Gregor voulait faire tout son possible pour aider la famille.

Gregor chtěl udělat vše, co bylo v jeho silách, aby rodině pomohl.

Il voulait les aider à oublier leurs difficultés financières.

Chtěl jim pomoci zapomenout na obchodní neštěstí.

La faillite qui a engendré un désespoir total.

Bankrot, který přinesl naprostou beznaděj.

Il s'est donc mis à travailler avec une passion toute particulière.

a tak začal pracovat s velmi zvláštní vášní.

Il était devenu représentant de commerce itinérant presque du jour au lendemain.

Téměř přes noc se z něj stal obchodní cestující.

Avant cela, il n'avait travaillé que comme commis mal payé.

Předtím pracoval jen jako nízkoplacený úředník.

Il avait désormais des opportunités de gains complètement différentes.

Teď měl úplně jiné možnosti výdělku.

Les ventes réussies pouvaient être immédiatement converties en liquidités.

Úspěšné prodeje bylo možné okamžitě převést na hotovost.

L'argent étant bien sûr versé sur ses commissions.

Hotovost samozřejmě vyplácena z jeho provizí.

Désormais, Gregor pouvait mettre de l'argent sur la table familiale.

Teď si Gregor mohl dát peníze na rodinný stůl.

Et ils étaient étonnés et ravis de ses gains.

A byli ohromeni a šťastni z jeho výdělku.

Mais ces beaux moments ne se reproduiront plus.

Ale ty krásné časy se už nezopakují.

Ils commençaient tout juste à s'habituer à cette période faste.

Teprve si zvykli na tyhle hezké časy.

À chaque paie, la famille acceptait l'argent avec gratitude.

Rodina vděčně přijímala peníze každou výplatu.

Et Gregor était tout aussi heureux de remettre l'argent.

A Gregor peníze stejně rád předal.

Mais la chaleureuse affection qu'elle suscitait en retour s'est peu à peu éteinte.

Ale vřelá náklonnost projevovaná na oplátku pomalu umírala.

Seule sa sœur restait aussi proche de Gregor qu'auparavant.

Jen jeho sestra zůstala Gregorovi stejně blízká jako dříve.

Elle, contrairement à Gregor, avait une profonde appréciation pour la musique.

Na rozdíl od Gregora měla pro hudbu hluboké uznání.

Et elle savait jouer du violon d'une manière très touchante.

A uměla hrát na housle velmi dojemně.

Gregor avait secrètement prévu de l'envoyer dans une école de musique.

Gregor tajně plánoval, že ji pošle do hudební školy.

Il n'avait pas encore décidé comment il réglerait les dépenses.

Ještě se nerozhodl, jak uhradí výdaje.

Mais d'une manière ou d'une autre, il couvrirait les frais.

Ale nějakým způsobem náklady pokryje.

De temps en temps, Gregor et sa famille partaient en courts séjours.

Gregor a rodina občas jezdili na krátké výlety.

Gregor et sa sœur abordaient souvent ce sujet.
Gregor a sestra toto téma často nadnášeli.
Mais cela n'a jamais été évoqué que comme une idée merveilleuse.
Ale zmíněno to bylo jen jako skvělý nápad.
Ils ne croyaient pas vraiment que ce rêve puisse se réaliser.
Opravdu nevěřili, že se sen může uskutečnit.
Et les parents n'appréciaient pas de telles ambitions fantaisistes.
A rodičům se takové fantastické ambice nelíbily.
Même lorsque le sujet a été abordé de manière tout à fait innocente.
I když bylo téma nadneseno velmi nevinně.
Mais Gregor continuait de penser à l'école de musique.
Gregor ale dál přemýšlel o hudební škole.
Et il prévoyait d'annoncer le cadeau la veille de Noël.
A plánoval oznámit dárek na Štědrý den.
Bien sûr, dans son état actuel, ce serait impossible.
V jeho současném stavu by to samozřejmě bylo nemožné.
Mais ce genre de pensées lui traversait l'esprit.
Ale hlavou mu probíhaly takové myšlenky.
Et telles étaient les pensées qui lui traversaient l'esprit en écoutant sa famille.
A takové myšlenky měl, když naslouchal rodině.
Parfois, il était trop fatigué pour continuer à les écouter.
Občas byl příliš unavený, než aby je poslouchal dál.
Sa tête s'est affaissée contre la porte, rongée par la fatigue.
Únavou mu hlava spadla na dveře.
Mais il appuya aussitôt de nouveau sa tête contre la porte.
Ale hned zase opřel hlavu o dveře.
Car même le moindre bruit s'entendait à l'extérieur.
Protože i sebemenší hluk byl slyšet venku.
Et le moindre bruit qu'il faisait plongeait la famille dans le silence.
A jakýkoli hluk, který vydal, umlčel rodinu.
« Que fait-il maintenant ? » demanda le père à sa famille.
„Co teď dělá?" zeptal se otec rodiny.

Il alla à la porte pour vérifier d'où venait le bruit.

A šel ke dveřím, aby se podíval, co je to za hluk.

Puis la conversation interrompue a repris progressivement.

A pak se přerušený rozhovor postupně obnovil.

Mais les paroles du père ont agréablement surpris tout le monde.

Ale to, co otec řekl, všechny pozitivně překvapilo.

Gregor apprit alors la véritable situation financière.

Gregor se nyní dozvěděl skutečný stav financí.

Malgré tous ces malheurs, il y a eu aussi un peu de chance.

Navzdory všem neštěstím se přeneslo i štěstí.

Une petite fortune d'antan était encore là.

Stále tam bylo velmi malé jmění ze starých časů.

Le père a expliqué les choses, mais a dû se répéter.

Otec sice věci vysvětlil, ale musel to opakovat.

Parce qu'il ne s'était pas occupé de ces choses depuis un certain temps.

Protože se těmito věcmi už nějakou dobu nezabýval.

Et parce que la mère ne comprenait pas de telles choses.

A protože matka takovým věcem nerozuměla.

Les taux d'intérêt de la banque avaient légèrement augmenté.

Úrokové sazby v bance se trochu zvýšily.

L'argent non utilisé avait augmenté plus que prévu.

Nedotčené peníze vzrostly více, než se očekávalo.

De plus, Gregor leur avait toujours donné ses économies.

Kromě toho jim Gregor vždycky dával své úspory.

Il n'avait jamais gardé que quelques florins pour lui-même.

Pro sebe si vždycky nechal jen pár guldenů.

Et son argent n'avait pas été entièrement dépensé.

A jeho peníze také nebyly úplně spotřebovány.

Ensemble, ces sommes avaient constitué un petit capital.

Dohromady se tyto peníze nashromáždily do malého kapitálu.

Gregor, derrière sa porte, hocha la tête avec enthousiasme à la nouvelle.

Gregor, stojací za dveřmi, dychtivě přikývl na zprávu.

Il était ravi de cette prudence et de cette frugalité inattendues.

Potěšila ho tato nečekaná opatrnost a šetrnost.

Les fonds excédentaires auraient pu servir à rembourser la dette.

Přebytečné finanční prostředky mohly být použity na splacení dluhu.

Ils n'auraient alors plus rien dû au patron.

Pak by už šéfovi nic nedlužili.

Et Gregor aurait pu changer d'emploi bien plus tôt.

A Gregor se mohl přestěhovat do nové práce mnohem dříve.

Mais la façon dont le père s'y était pris était bien meilleure maintenant.

Ale jak to otec zařídil, bylo teď mnohem lepší.

L'argent ne suffisait pas tout à fait pour vivre des intérêts.

Peníze nestačily ani na to, aby se dalo žít z úroků.

Et il a fallu mettre de l'argent de côté pour les urgences.

A musely se odkládat nějaké peníze na nouzové situace.

Cela n'aurait suffi que pour un an ou deux.

Peníze by vystačily jen na rok nebo dva.

Cela signifiait que quelqu'un devait gagner de l'argent pour qu'ils puissent vivre.

To znamenalo, že někdo musel vydělávat peníze na jejich živobytí.

Le père n'était pas malade et il était assez fort.

Otec nebyl nezdravý a byl dostatečně silný.

Mais il était sans emploi depuis plus de cinq ans.

Ale byl už více než pět let bez práce.

Et, du fait de son âge, il lui restait peu de confiance en lui.

A vzhledem k jeho věku mu zbývalo jen pramálo sebevědomí.

Il avait également pris beaucoup de poids ces derniers temps.

Také v poslední době hodně přibral.

Sa vie avait toujours été ardue et infructueuse.

Jeho život byl vždycky namáhavý a neúspěšný.

Et c'étaient les premières vacances qu'il ait jamais prises.

A tohle byla jeho první dovolená v životě.

Et, faute d'être occupé, il était devenu assez maladroit.

A bez zaneprázdnění se stal docela nemotorným.

Ne serait-il pas préférable que la vieille mère gagne l'argent ?

Bylo by lepší, kdyby si ty peníze vydělala stará matka?

La vieille mère qui souffrait d'asthme.

Stará matka, která trpěla astmatem.

La vieille mère qui peinait à monter les escaliers.

Stará matka, která se s obtížemi vyšlapala po schodech.

La vieille mère qui passait son temps allongée sur le canapé.

Stará matka, která trávila čas leháním na pohovce.

La vieille mère qui préférait rester près de la fenêtre.

Stará matka, která raději zůstávala u okna.

Pour qu'elle puisse reprendre son souffle quand elle en aurait besoin.

Aby mohla popadnout dech, když potřebovala.

Ne serait-il pas préférable que ce soit la jeune sœur qui gagne l'argent ?

Bylo by lepší, kdyby si peníze vydělala mladší sestra?

La sœur, qui à dix-sept ans n'était encore qu'une enfant.

Sestra, která byla v sedmnácti letech stále ještě jen dítě.

La sœur qui ne connaissait que quelques modestes plaisirs.

Sestra, která měla jen pár skromných radostí.

La sœur qui aimait surtout jouer du violon.

Sestra, která se hlavně věnovala hře na housle.

Elle savait que son mode de vie antérieur était très enviable ;

Věděla, že její předchozí způsob života byl velmi záviděníhodný;

Bien s'habiller, faire la grasse matinée, aider à la maison.

Hezky se oblékat, vstávat pozdě, pomáhat v domácnosti.

La conversation tournait souvent autour de la nécessité de gagner de l'argent.

Konverzace se často stočila k potřebě vydělat peníze.

Gregor était toujours le premier à lâcher la porte.

Gregor vždycky pustil dveře první.

Cette conversation l'avait rempli de honte et de chagrin.

Rozhovor ho rozpálil studem a zármutkem.

Il se laissa donc tomber sur le canapé en cuir qui
refroidissait.
Vrhl se tedy na chladnoucí koženou pohovku.
Et il passait souvent le reste de la nuit sur le canapé.
A zbytek noci často trávil na pohovce.
Il ne dormait jamais vraiment sur le canapé, ni la nuit.
Nikdy doopravdy nespal na pohovce, ani v noci.
Souvent, il se contentait de gratter le cuir pendant des
heures.
Často jen celé hodiny škrábal kůži.
D'autres fois, il poussait le fauteuil jusqu'à la fenêtre.
Jindy zase přisunul křeslo k oknu.
Cela a nécessité à lui seul beaucoup d'efforts de sa part.
Už jen to od něj vyžadovalo velké úsilí.
Le fauteuil l'a aidé à ramper jusqu'au rebord de la fenêtre.
Křeslo mu pomohlo vylézt na okenní parapet.
Et de là, il put s'appuyer contre la fenêtre.
A odtud se mohl opřít o okno.
Il éprouvait un grand sentiment de liberté en faisant cela.
Při tom cítil velký pocit svobody.
Peut-être recherchait-il une sensation de liberté d'antan.
Možná hledal nějaký starý osvobozující pocit.
Mais sa vue n'était plus aussi perçante qu'avant.
Ale jeho zrak už nebyl tak ostrý jako dřív.
Les objets situés à une certaine distance étaient flous et
indistincts.
Věci v malé vzdálenosti byly rozmazané a nezřetelné.
Il ne pouvait plus voir l'hôpital de l'autre côté de la rue.
Už neviděl nemocnici naproti přes ulici.
Avant, il maudissait le paysage, maintenant il voulait le voir.
Dříve ten výhled proklínal, teď ho chtěl vidět.
Il savait qu'il habitait dans la paisible Charlottenstrasse, en
pleine ville.
Věděl, že bydlí v tiché městské Charlottenstrasse.
Mais il a peut-être cru qu'il regardait vers le désert.
Ale mohl si myslet, že se dívá do pouště.
Un désert où le ciel gris et la terre grise se confondaient.

Pustina, kde se šedá obloha slévala s šedou zemí.

La sœur attentive remarqua à deux reprises que la chaise avait bougé.

Pozorná sestra si dvakrát všimla, že se židle pohnula.

Après avoir rangé, elle a repoussé la chaise vers la fenêtre.

Poté, co uklidila, přisunula židli zpět k oknu.

Et désormais, elle laissait même la fenêtre ouverte.

A odteď dokonce nechávala otevřené okenní křídlo.

Gregor aurait vraiment souhaité pouvoir parler à sa sœur.

Gregor si opravdu přál, aby si mohl promluvit se svou sestrou.

Il voulait la remercier pour tout ce qu'elle avait fait pour lui.

Chtěl jí poděkovat za všechno, co pro něj udělala.

Il aurait alors plus facilement toléré leurs services.

Pak by jejich služby snášel snáze.

Mais en l'état actuel des choses, il souffrait de son aide.

Ale takhle to, že se věci měly, trpěl tím, že mu pomáhala.

La sœur, bien sûr, a tenté de dissimuler la gêne.

Sestra se samozřejmě snažila zahladit rozpaky.

Et elle faisait de son mieux pour feindre de ne pas se sentir accablée.

A ze všech sil se snažila předstírat, že se necítí zatížená.

Bien sûr, c'est quelque chose qu'elle devait d'abord pratiquer.

Tohle si samozřejmě musela nejdřív nacvičit.

Et plus le temps passait, plus elle devenait douée.

A čím více času plynul, tím lépe se jí to dařilo.

Mais Gregor eut également plus de temps pour constater sa supercherie.

Gregorovi ale byl také dán více času, aby si prohlédl její přetvářku.

Même son entrée dans sa chambre était une épreuve pour lui.

I její vstup do jeho pokoje pro něj byl utrpením.

Dès qu'elle est entrée, elle a couru directement vers la fenêtre.

Jakmile vešla, běžela rovnou k oknu.

Elle n'a même pas pris le temps de fermer la porte.
Ani si nenašla čas zavřít dveře.
Normalement, elle épargnait à tout le monde la vue de la chambre de Gregor.
Obvykle všem ušetřila pohledu na Gregorův pokoj.
Et elle ouvrit brusquement la fenêtre d'un geste rapide.
A spěšnýma rukama prudce otevřela okno.
Puis elle reprit sa respiration comme si elle avait suffoqué.
Pak znovu dýchala, jako by se dusila.
L'air qui entrait était froid, et elle respira profondément.
Vzduch, který vstupoval dovnitř, byl studený a ona se zhluboka nadechla.
Mais elle resta néanmoins un moment près de la fenêtre.
Přesto ale chvíli zůstala u okna.
Elle effrayait Gregor deux fois par jour avec ce rituel.
Touto rutinou děsila Gregora dvakrát denně.
Pendant qu'elle était dans la pièce, il tremblait sous le canapé.
Zatímco byla v pokoji, on se třásl pod pohovkou.
Il savait qu'elle aurait aimé lui épargner cette épreuve.
Věděl, že by ho ráda té těžkosti ušetřila.
Mais elle ne pouvait pas rester dans la pièce avec la fenêtre fermée.
Ale nemohla být v pokoji se zavřeným oknem.
Il y a eu une fois où elle est arrivée un peu plus tôt.
Jednou přišla o něco dříve.
Probablement environ un mois après la transformation de Gregor.
Pravděpodobně asi měsíc po Gregorově proměně.
Elle s'était plus ou moins habituée à sa nouvelle apparence.
Už si trochu zvykla na jeho nový vzhled.
Elle n'avait donc plus aucune raison d'être particulièrement choquée.
Takže už neměla důvod k žádnému zvláštnímu šoku.
Elle le trouva toujours immobile, le regard fixé par la fenêtre.
Našla ho, jak stále nehybně zírá z okna.

Il se trouvait dans le pire endroit où il aurait pu être.
Byl na tom nejhorším místě, kde mohl být.
Il n'aurait pas été surpris si elle n'était pas entrée.
Nebyl by překvapen, kdyby nepřišla.
Il l'empêcha d'ouvrir la fenêtre.
Kde jí zabránil otevřít okno.
Elle quitta rapidement la pièce et ferma la porte.
Rychle znovu opustila místnost a zavřela dveře.
Un étranger aurait pu tirer toutes sortes de conclusions.
Cizinec mohl dojít k nejrůznějším závěrům.
Peut-être attendait-il simplement l'occasion de la mordre.
Možná jen čekal na příležitost ji kousnout.
Gregor, bien sûr, s'est immédiatement caché sous le canapé.
Gregor se samozřejmě okamžitě schoval pod pohovku.
Mais il dut attendre midi pour que sa sœur revienne.
Ale musel čekat do poledne, než se jeho sestra vrátila.
Et elle semblait beaucoup plus agitée que d'habitude.
A zdála se být mnohem neklidnější než obvykle.
Il réalisa que sa vue lui était encore insupportable.
Uvědomil si, že pohled na něj je stále nesnesitelný.
Sa vue allait lui rester insupportable.
Pohled na něj pro ni bude i nadále nesnesitelný.
Elle ne pouvait probablement pas supporter de le voir, même partiellement.
Pravděpodobně by nesnesla pohled na jakoukoli jeho část.
Une petite partie dépassait toujours de sous le canapé.
Zpod pohovky vždycky vyčnívala malá část.
Un jour, il transporta un drap sur son dos jusqu'au canapé.
Jednoho dne si na zádech přinesl k pohovce prostěradlo.
Il voulait lui épargner de voir quoi que ce soit de lui.
Chtěl ji ušetřit toho, aby viděla jakoukoli část jeho bytosti.
Il arrangea le drap de façon à ce qu'il soit entièrement caché.
Upravil prostěradlo tak, aby byl celý skrytý.
Même si elle se baissait, elle ne pourrait pas le voir.
I kdyby se sklonila, neuviděla by ho.
L'opération a pris à Gregor plus de trois heures.
Celá práce trvala Gregorovi více než tři hodiny.

Elle a peut-être pensé que le drap était inutile.

Možná si myslela, že prostěradlo je zbytečné.

Elle aurait su qu'il ne voulait pas du drap.

Věděla by, že prostěradlo nechce.

Il le faisait pour son confort, et non pour lui-même.

Dělal to pro její pohodlí, ne pro sebe.

Et elle aurait pu enlever le drap si elle l'avait voulu.

A mohla si prostěradlo sundat, kdyby chtěla.

Mais elle laissa le drap là où Gregor l'avait mis.

Ale prostěradlo nechala tam, kde ho Gregor položil.

Et Gregor crut même avoir aperçu un regard reconnaissant.

A Gregor si dokonce myslel, že zachytil vděčný pohled.

Il avait doucement soulevé le drap avec sa tête.

Jemně hlavou zvedl prostěradlo.

Il voulait savoir si sa sœur appréciait cet arrangement.

Chtěl zjistit, jestli se jeho sestře to uspořádání líbí.

Les deux premières semaines ont été les plus difficiles pour les parents.

První dva týdny byly pro rodiče nejtěžší.

Ils n'ont pas eu le courage d'entrer et de le voir.

Nedokázali se přimět, aby vešli dovnitř a viděli ho.

Il a surpris plusieurs de leurs conversations à cette époque.

V této době zaslechl mnoho jejich rozhovorů.

Ils ont pleinement reconnu tout ce que faisait la sœur.

Plně uznávali všechno, co sestra dělala.

Même s'ils étaient souvent agacés par elle.

I když na ni dříve často působili naštvaně.

Parce qu'elle semblait être une fille un peu inutile.

Protože se zdála být poněkud neschopnou holkou.

C'étaient maintenant eux qui attendaient de l'autre côté de la pièce.

Teď to byli oni, kdo čekal na druhé straně místnosti.

Et c'est elle qui est entrée dans la pièce pour tout faire.

A byla to ona, kdo šel do místnosti dělat všechno.

Dès qu'elle est sortie, ils ont voulu tout savoir.

Jakmile vyšla ven, chtěli vědět všechno.

Elle a dû leur décrire précisément l'aspect de la pièce.

Musela jim přesně říct, jak ten pokoj vypadá.

« Qu'est-ce que Gregor a mangé ? Comment s'est-il comporté cette fois-ci ? »

„Co Gregor snědl? Jak se tentokrát choval?"

«Y avait-il peut-être une légère amélioration à constater ?»

"Bylo snad patrné nějaké mírné zlepšení?"

La mère, d'ailleurs, était en réalité plus courageuse.

Mimochodem, matka byla ve skutečnosti odvážnější.

Et bien sûr, c'était son propre fils qui se trouvait dans la pièce.

A samozřejmě v místnosti byl její vlastní syn.

Elle souhaitait en fait rendre visite à Gregor assez rapidement.

Ve skutečnosti chtěla Gregora navštívit relativně brzy.

Mais au départ, son père et sa sœur l'ont retenue.

Ale otec a sestra ji zpočátku brzdili.

Ils ont avancé des arguments très rationnels pour qu'elle n'y aille pas.

Uváděli velmi racionální argumenty, aby nešla.

Gregor écouta très attentivement leur raisonnement.

Gregor velmi pozorně naslouchal jejich argumentaci.

Et il acceptait ce raisonnement autant que sa mère.

A on tuto logiku přijal stejně jako jeho matka.

Plus tard, cependant, il a fallu la retenir par la force.

Později ji však museli zadržet násilím.

«Laissez-moi entrer voir Gregor, c'est mon malheureux fils !»

„Pusťte mě dovnitř k Gregorovi, je to můj nešťastný syn!"

« Tu ne comprends pas que je dois aller le voir ? »

„Nechápeš, že za ním musím jít?"

Gregor fut également convaincu par les arguments de sa mère.

Gregora přesvědčily i matčiny argumenty.

Peut-être avait-elle raison ; ce serait bien qu'elle vienne.

Možná měla pravdu; bylo by dobré, kdyby přišla.

Le voir tous les jours serait beaucoup trop lourd.

Chodit za ním každý den by bylo příliš mnoho.

Mais le voir une fois par semaine suffirait peut-être.

Ale vídat ho třeba jednou týdně by mohlo stačit.

Elle pourrait comprendre les choses bien mieux que sa sœur.

Možná tomu rozumí mnohem lépe než ta sestra.

Malgré tout son courage, elle n'était encore qu'une enfant.

Přes veškerou svou odvahu byla stále jen dítě.

Peut-être une insouciance enfantine l'a-t-elle poussée à entreprendre cette tâche.

Možná ji k tomuto úkolu přiměla dětská bezohlednost.

Mais le souhait de Gregor de revoir sa mère se réalisa bientôt.

Ale Gregorovo přání vidět svou matku se brzy splnilo.

Durant la journée, Gregor se tenait à l'écart de la fenêtre.

Přes den se Gregor držel dál od okna.

Il a agi ainsi par égard pour ses parents.

Udělal to z ohleduplnosti ke svým rodičům.

Il n'avait pas beaucoup de place pour ramper sur le sol.

Neměl moc místa na plazení po podlaze.

Il avait du mal à rester immobile pendant la nuit.

V noci se mu těžko ležet v klidu.

Manger ne lui procurait plus le moindre plaisir.

Jídlo mu už nepřinášelo sebemenší potěšení.

Bien sûr, il devait trouver un moyen de se distraire.

Samozřejmě si musel najít nějaký způsob, jak se rozptýlit.

Pour se divertir, il grimpait et descendait les murs.

Aby se pobavil, lezl nahoru a dolů po zdech.

Et il rampait aussi le long du plafond, la tête en bas.

A také se plazil po stropě, vzhůru nohama.

Il était particulièrement heureux lorsqu'il était suspendu au plafond.

Obzvlášť šťastný byl, když visel ze stropu.

C'était complètement différent de s'allonger par terre.

Bylo to úplně jiné než ležet na podlaze.

Il trouvait qu'il respirait beaucoup plus facilement dans cette position.

V této poloze se mu mnohem lépe dýchalo.

Une légère mais agréable vibration parcourut son corps.

Jeho tělem proběhla lehká, ale příjemná vibrace.

Parfois, il se laissait même trop aller à son bonheur.

Někdy se až příliš uvolnil ve svém štěstí.

Il lui arrivait d'être distrait et de lâcher prise du plafond.

Někdy se nechal rozptýlit a pustil strop.

Et à sa propre surprise, il atterrit de nouveau sur le sol.

A k jeho vlastnímu překvapení přistál zpět na zemi.

Mais il maîtrisait bien mieux son corps qu'auparavant.

Ale měl mnohem lepší kontrolu nad svým tělem než dříve.

Ainsi, il ne se blessait plus lors de chutes aussi importantes.

Takže se teď při takových velkých pádech nezranil.

Sa sœur remarqua immédiatement le nouveau plaisir de Gregor.

Sestra si Gregorova nového potěšení okamžitě všimla.

Et on retrouvait des traces de colle là où il avait rampé.

A tam, kde lezl, byly stopy lepidla.

Là encore, la sœur pensa au bien-être de Gregor.

I zde sestra přemýšlela o Gregorově zdraví.

Il apprécierait peut-être d'avoir plus d'espace pour ramper.

Možná by ocenil víc prostoru na plazení.

Et l'idée s'est fermement ancrée dans son esprit.

A ta myšlenka se jí pevně usadila v hlavě.

Certains meubles volumineux entravaient sa liberté de mouvement.

Některý z velkých kusů nábytku mu bránil ve volném pohybu.

Il ne travaillait plus, il n'avait donc plus besoin du bureau.

Už nepracoval, takže stůl nepotřeboval.

Et la boîte prenait plus de place que nécessaire. ***

A krabice zabírala víc místa, než bylo potřeba. ***

La sœur n'était pas en mesure de déplacer ces choses seule.

Sestra nebyla schopná tyto věci sama přemístit.

Bien sûr, elle n'osait pas demander de l'aide à son père.

Samozřejmě se neodvážila požádat otce o pomoc.

La bonne ne l'aurait certainement pas aidée non plus.

Služebná by jí taky jistě nepomohla.

La nouvelle femme de ménage était en réalité un an plus jeune qu'elle.

Nová služebná byla ve skutečnosti o rok mladší než ona.

Elle avait courageusement endossé le rôle de l'ancienne bonne.

Statečně se ujala role bývalé služebné.

Mais il y avait un privilège auquel elle tenait absolument.

Ale trvala na jedné výsadě.

Elle voulait que la cuisine reste verrouillée en permanence.

Chtěla mít kuchyň pořád zamčenou.

La sœur n'avait donc pas d'autre choix que de demander à sa mère.

Sestra tedy neměla jinou možnost, než se zeptat své matky.

La mère est venue à son secours en poussant des cris de joie.

S výkřiky nadšené radosti přiběhla matka na pomoc.

Mais elle se tut devant la porte de la chambre de Gregor.

Ale u dveří do Gregorova pokoje ztichla.

La sœur a vérifié que tout était en ordre dans la chambre.

Sestra zkontrolovala, jestli je v pokoji všechno v pořádku.

Gregor avait tiré précipitamment encore plus fort sur le drap.

Gregor spěšně přitáhl prostěradlo ještě pevněji.

Bien que le drap-housse paraisse encore disposé au hasard.

I když prostěradlo stále vypadalo neuspořádané.

Et ce n'est qu'alors qu'elle laissa sa mère entrer dans la pièce.

A teprve potom pustila matku do pokoje.

Gregor s'abstint également d'espionner sous le drap.

Gregor se také zdržel špehování zpod prostěradla.

Il a décidé de ne pas voir sa mère cette fois-ci.

Rozhodl se, že se tentokrát s matkou nesetká.

Gregor était déjà content qu'elle soit venue.

Gregor byl docela rád, že vůbec přišla.

«Entrez, vous ne pouvez pas le voir», dit la sœur.

„Pojďte dál, nevidíte ho," řekla sestra.

Gregor supposa qu'elle tenait sa mère par la main.

Gregor předpokládal, že vede matku za ruku.

Puis il entendit les deux femmes, faibles, déplacer les meubles.

Pak uslyšel, jak dvě slabé ženy přemisťují nábytek.

La sœur semblait s'attribuer la majeure partie du travail.

Zdálo se, že si sestra nárokuje většinu práce pro sebe.

Sa mère craignait qu'elle ne s'épuise.

Její matka se bála, že se přepracuje.

Mais la sœur n'a prêté aucune attention à ces avertissements.

Sestra však těmto varováním nevěnovala pozornost.

Mais même après quinze minutes, les progrès étaient très lents.

Ale i po patnácti minutách byl pokrok velmi pomalý.

Ils n'avaient pas réussi à déplacer les meubles très loin.

Nepodařilo se jim nábytek odsunout moc daleko.

Ils commençaient lentement à ressentir un sentiment de défaite.

Pomalu začínali pociťovat pocit porážky.

La mère fut la première à reconnaître l'inutilité de la démarche.

Matka byla první, kdo přiznal marnost.

« Il vaudrait peut-être mieux laisser la boîte ici. »

„Možná by bylo lepší nechat tu krabici tady.“

« Le carton est trop lourd pour que nous puissions le déplacer plus loin. »

„Krabice je na to, abychom se s ní mohli posunout o moc dál.“

« Et nous n'aurons pas terminé avant l'arrivée de votre père. »

„A neskončíme, než přijede tvůj otec.“

« Laisser la boîte ici lui barrerait encore plus le passage. »

„Kdyby tu krabici nechal tady, zablokovalo by mu to cestu ještě víc.“

« Et pouvons-nous être sûrs de lui rendre service ? »

„A můžeme si být jisti, že mu tím prokazujeme laskavost?“

Ils commencèrent à penser que le contraire pourrait bien être vrai.

Začali si myslet, že opak by mohl být pravdou.

La vue du mur vide lui pesait lourdement sur le cœur.

Pohled na prázdnou zeď ji těžce zatížil srdce.

Qui nous dit que Gregor ne ressentirait pas la même chose ?

Co říkáš, že by se Gregor taky necítil?

«Il est déjà habitué aux meubles de sa chambre.»

"Už si zvykl na nábytek ve svém pokoji."

«Il pourrait se sentir encore plus abandonné dans une pièce vide.»

„V prázdném pokoji by se mohl cítit ještě opuštěněji.“

À ce moment-là, sa voix s'était presque réduite à un murmure.

Její hlas se mezitím téměř ztišil do šepotu.

Elle ignorait en réalité où se trouvait exactement Gregor.

Ve skutečnosti nevěděla, kde se Gregor přesně nachází.

Elle ne voulait même pas qu'il entende sa voix.

Nechtěla, aby slyšel ani zvuk jejího hlasu.

Bien qu'elle fût certaine qu'il ne la comprenait pas.

I když si byla jistá, že jí nerozumí.

« N'aurait-on pas l'impression de l'avoir complètement abandonné ? »

„Nevypadá to, jako bychom se na něj úplně vzdali?“

«N'aura-t-il pas l'impression qu'on le laisse se débrouiller seul ?»

„Nebude mít pocit, že ho necháváme, aby se s tím vyrovnal sám?“

«Nous devrions laisser la pièce exactement comme elle était.»

„Měli bychom nechat pokoj přesně takový, jaký byl.“

« Gregor finira par nous revenir comme avant. »

„Gregor se k nám nakonec vrátí takový, jaký byl.“

«Alors il constatera que tout est encore à sa place.»

„Pak zjistí, že všechno je stále na svém místě.“

« Et il oubliera beaucoup plus facilement la période intermédiaire. »

„A na přechodné období zapomene mnohem snáze.“

En entendant ces mots, Gregor réalisa quelque chose.

Když Gregor uslyšel tato slova, uvědomil si něco.

Son esprit était devenu confus au cours des deux derniers mois.

Během posledních dvou měsíců měl zmatené myšlenky.

Le manque d'interactions humaines ne lui avait pas fait de bien.

Nedostatek lidské interakce mu neprospěl.

Il avait vraiment besoin de la vie monotone au sein de sa famille.

Opravdu potřeboval monotónní život uprostřed své rodiny.

Pourquoi aurait-il formulé une demande aussi absurde autrement ?

Proč by jinak vznášel tak nesmyslný požadavek?

Quel sens pouvait-il y avoir à vider sa chambre ?

Jaký smysl mělo vyprazdňování jeho pokoje?

La chambre confortable est meublée de meubles hérités.

Pohodlný pokoj zařízený zděděným nábytkem.

Pourquoi voudrait-il transformer cette chaleur familière en une grotte ?

Proč by chtěl proměnit toto známé teplo v jeskyni?

Une grotte où il pouvait ramper en toute tranquillité dans toutes les directions.

Jeskyně, kde by se mohl v klidu plazit všemi směry.

Mais une grotte où il oublia rapidement son passé humain.

Ale jeskyně, ve které rychle zapomněl na svou lidskou minulost.

Il se demandait s'il était déjà sur le point d'oublier.

Musel se zamyslet, jestli už skoro nezapomíná.

La voix de sa mère l'avait secoué et lui avait fait se souvenir.

Hlas jeho matky ho vytřesl a připomněl mu vzpomínky.

La voix qu'il n'avait pas entendue depuis si longtemps.

Hlas, který už tak dlouho neslyšel.

Il ne fallait rien enlever ; tout devait rester.

Nic se nemělo odstraňovat, všechno muselo zůstat.

Le mobilier a eu un effet positif sur son état.

Nábytek měl na jeho stav pozitivní vliv.

Et il ne pouvait pas s'en sortir sans ce lien avec le passé.

A bez této kotvy v minulosti se neobešel.

Les meubles l'empêchaient de ramper sans but.

Nábytek mu bránil v bezmyšlenkovitém plazení.

Mais ce n'était pas une perte ; c'était au contraire un grand avantage.

Ale to nebyla ztráta, spíše velká výhoda.

Malheureusement, sa sœur avait un avis très différent.

Bohužel sestra měla úplně jiný názor.

Elle était en quelque sorte devenue la porte-parole de Gregor.

Stala se tak trochu Gregorovou mluvčí.

Bien sûr, son opinion n'était pas totalement injustifiée.

Její názor samozřejmě nebyl zcela neoprávněný.

Mais l'opinion de sa mère devait être contredite ici.

Ale názor její matky musel být zde vyvrácen.

Il ne s'agissait plus seulement d'enlever la boîte.

Nebyla to jen krabice, kterou teď bylo třeba odstranit.

Son bureau et son armoire ne pouvaient pas rester en place non plus.

Jeho stůl a skříň také nemohly zůstat.

La seule chose indispensable était le canapé.

Jediné, co bylo nepostradatelné, byla pohovka.

Elle n'a pas pris cette décision par simple rébellion enfantine.

Nerozhodla se tak jen z dětského vzdoru.

Ce n'était pas non plus sa confiance en soi récemment acquise.

Nebylo to ani jejím nedávno nabytým sebevědomím.

La nouvelle confiance qu'elle avait acquise lui a permis de travailler si dur pour gagner.

Nové sebevědomí, o jehož získání musela tak tvrdě dřít.

Même si personne ne s'attendait à ce qu'elle y parvienne.

I když nikdo nečekal, že to dokáže.

Gregor avait vraiment besoin de beaucoup d'espace pour ramper.

Gregor opravdu potřeboval hodně místa na plazení.

Le mobilier ne faisait que réduire l'espace dont il disposait.

Nábytek jen omezoval prostor, který měl k dispozici.

Elle était capable de mieux voir ces choses que sa mère.
Tyto věci dokázala vidět lépe než matka.
Mais peut-être que son esprit romantique a aussi joué un rôle.
Ale možná v tom sehrála roli i její romantická povaha.
Les filles de cet âge acquièrent souvent un certain enthousiasme.
Dívky v tomto věku často získají určité nadšení.
Et ils éprouvent le besoin d'obtenir ce qu'ils veulent chaque fois qu'ils le peuvent.
A cítí potřebu prosadit si svou, kdykoli mohou.
C'est peut-être pour cela qu'elle voulait le saboter en secret.
Možná proto ho chtěla tajně sabotovat.
Il est encore plus terrifiant lorsqu'il rampe sur les murs.
Ještě děsivější je, když leze po zdech.
Les parents n'osaient plus entrer dans la pièce.
Rodiče se už neodvážili vstoupit do místnosti.
Elle serait véritablement la seule à prendre soin de son frère.
Opravdu by se o svého bratra mohla jen starat.
Elle ne laissa pas sa mère la persuader du contraire.
Nenechala se matkou přesvědčit o opaku.
La mère de Gregor se sentait déjà mal à l'aise dans la pièce.
Gregorova matka se v pokoji už cítila nesvá.
Elle cessa bientôt de parler et aida de nouveau sa fille.
Brzy přestala mluvit a znovu pomohla své dceři.
Avec leurs forces restantes, ils ont enlevé l'armoire.
Se zbývajícími silami odstranili skříň.
La commode, il pouvait s'en passer.
Bez komody se obešel.
Mais le bureau allait devoir rester en place pour le moment.
Ale stůl tam prozatím musel zůstat.
Pendant l'absence des femmes, il tenta d'évaluer la pièce.
Zatímco ženy byly pryč, pokusil se zhodnotit místnost.
Et Gregor passa la tête sous le canapé.
A Gregor vystrčil hlavu zpod pohovky.
Il devait voir ce qu'il pouvait faire face à la situation.
Musel zjistit, co se s danou situací dá dělat.

Mais il a été aussi prudent et attentionné que possible.
Ale byl co nejopatrnější a nejopatrnější.
Malheureusement, c'est la mère qui est revenue la première.
Bohužel to byla matka, která se vrátila první.
Grete était encore en train de déplacer l'armoire dans la pièce voisine.
Grete stále stěhovala skříň v sousedním pokoji.
Mais la mère n'était pas habituée à la vue de Gregor.
Ale matka nebyla na pohled na Gregora zvyklá.
Un simple aperçu de lui aurait pu la rendre malade.
I jen letmý pohled na něj by jí mohl způsobit nevolnost.
Gregor recula précipitamment jusqu'à l'autre bout du canapé.
Gregor spěchal zpět na vzdálenější konec pohovky.
Mais il ne pouvait pas reculer et maintenir le drap en équilibre.
Ale nemohl se pohnout dozadu a udržet rovnováhu na prostěradle.
Ce mouvement suffit à attirer l'attention de la mère.
Pohyb stačil k tomu, aby upoutal matčinu pozornost.
Elle marqua une pause et resta immobile un bref instant.
Odmlčela se a na chvilku zůstala zcela nehybně stát.
Puis elle se retourna et sortit de la pièce.
Pak se otočila a odešla z pokoje.
Gregor se répétait sans cesse que rien d'inhabituel ne s'était produit.
Gregor si pořád opakoval, že se nestalo nic neobvyklého.
« Ce ne sont que quelques meubles qui ont été emportés. »
"Je to jen nějaký nábytek, který byl odvezen."
Mais il dut bientôt admettre que ces événements l'avaient affecté.
Brzy si ale musel přiznat, že se ho události dotkly.
Les femmes disaient tout ce qu'elles faisaient.
Ženy říkaly všechno, co dělaly.
Ils faisaient des allers-retours dans la pièce.
Chodili po místnosti sem a tam.
Le bruit des meubles qui grattent le sol.

Škrábání veškerého nábytku na podlaze.
Il avait l'impression d'être assailli de toutes parts.
Měl pocit, jako by byl napadán ze všech stran.
Il replia sa tête et ses jambes aussi fort qu'il le put.
Přitáhl si hlavu a nohy k sobě, jak nejpevněji to šlo.
De toutes ses forces, il plaqua son corps au sol.
Vší silou přitiskl své tělo k zemi.
Il savait qu'il ne pourrait pas supporter tout cela encore longtemps.
Věděl, že tohle všechno už dlouho nevydrží.
Ils ont vidé sa chambre et ont pris tout ce qu'il aimait.
Vyklidili mu pokoj a vzali mu všechno, co měl rád.
Ils avaient déjà pris la boîte contenant tous ses outils.
Už si vzali krabici se vším jeho nářadím.
Ils étaient en train de déloger son lourd bureau du sol.
Teď uvolňovali jeho těžký stůl ze země.
Le bureau sur lequel il avait travaillé en rentrant du travail.
Stůl, u kterého pracoval po návratu z práce.
Le bureau sur lequel il avait noté ses missions professionnelles.
Stůl, na který si psal své pracovní úkoly.
Le bureau sur lequel il avait fait ses devoirs au collège.
Lavice, na které si dělal domácí úkoly na střední škole.
Oui, il avait déjà eu ce bureau à l'école primaire.
Ano, tuhle lavici už měl na základní škole.
Il n'a vraiment pas eu le temps de vérifier leurs bonnes intentions.
Opravdu neměl čas potvrdit jejich dobré úmysly.
Bien qu'il ait presque oublié leur présence.
I když už skoro zapomněl, že tam stejně jsou.
Parce qu'ils travaillaient en silence, épuisés.
Protože kvůli vyčerpání pracovali tiše.
Ils étaient trop fatigués pour annoncer leurs mouvements maintenant.
Byli příliš unavení na to, aby teď oznamovali své pohyby.
Il n'entendait que leurs lourds pas sur le sol.
Slyšel jen jejich těžké kroky na podlaze.

À ce moment précis, ils étaient appuyés contre la boîte.

Právě v tu chvíli se opírali o krabici.

Et c'est alors que Gregor est sorti de sous le canapé.

A v tom okamžiku Gregor vylezl zpod pohovky.

Il a changé de direction à quatre reprises.

Čtyřikrát změnil směr, kterým běžel.

Il n'arrivait pas à se décider quel objet sauver en premier.

Nedokázal se rozhodnout, kterou položku je třeba zachránit jako první.

Soudain, son attention fut attirée par le mur vide.

Najednou jeho pozornost upoutala prázdná zeď.

Ils ne lui avaient laissé que la photo de la dame en fourrrure.

Zůstal mu jen obrázek dámy v kožešině.

Il rampa jusqu'à la photo pour coller son corps contre le sien.

Doplazil se k obrazu a přitiskl se k ní tělem.

Et son corps masquait complètement la vue de la photo.

A jeho tělo zcela zakrývalo výhled na obraz.

Le verre le soutenait et apaisait son ventre brûlant.

Sklenice ho podpírala a uklidňovala jeho rozpálené břicho.

On ne pouvait plus lui enlever cette photo.

Tuto fotku mu už nešlo vzít.

Puis il tourna la tête vers la porte du salon.

Pak otočil hlavu ke dveřím obývacího pokoje.

Il allait les regarder retourner dans la pièce.

Chystal se sledovat, jak se ženy vracejí do místnosti.

Et ils ne se reposèrent pas longtemps avant de revenir.

A dlouho neodpočívali, než se znovu vrátili.

Grete avait le bras autour de sa mère pour l'aider à marcher.

Grete objala matku a pomohla jí s chůzí.

« Que prenons-nous maintenant ? » demanda Grete en regardant autour d'elle.

„Co si teď vezmeme?“ zeptala se Gréta a rozhlédla se kolem.

À ce moment précis, son regard croisa celui de Gregor.

Právě v tom okamžiku se její pohled setkal s Gregorovýma očima.

Malgré le choc, elle a gardé son sang-froid.

Navzdory šoku si zachovala duchapřítomnost.

Probablement uniquement à cause de la présence de sa mère.

Pravděpodobně jen kvůli přítomnosti její matky.

Elle pencha le visage vers sa mère, lui cachant la vue.

Sklonila tvář k matce a zakryla si výhled.

Et puis elle dit, d'une voix tremblante et sans réfléchir :

A pak řekla, třesouc se a bezmyšlenkovitě:

«Allez, on ne devrait pas retourner au salon ?»

„No tak, neměli bychom se vrátit do obýváku?"

Gregor comprenait aisément les intentions de sa sœur.

Gregor snadno pochopil sestriny úmysly.

Sa priorité absolue était de mettre sa mère en sécurité.

Její první prioritou bylo dostat matku do bezpečí.

Mais ensuite, elle allait le poursuivre depuis le mur.

Ale pak ho chtěla honit ze zdi.

« Eh bien, elle peut toujours essayer ! » pensa Gregor.

„No, to se rozhodně může pokusit!" pomyslel si Gregor v duchu.

Il s'assit fermement sur son tableau et ne le lâcha pas.

Pevně seděl na svém obrazu a nevzdával ho.

Il aurait préféré sauter au visage de sa sœur.

Nejraději by sestře skočil do obličeje.

Mais les paroles de Grete avaient encore plus inquiété sa mère.

Ale Gretina slova matku znepokojila ještě víc.

Elle s'écarta pour voir ce qu'on lui cachait.

Ustoupila stranou, aby viděla, co se před ní skrývá.

Et elle vit la tache brune sur le papier peint à fleurs.

A uviděla hnědou skvrnu na květinové tapetě.

Et elle a crié avant même de réaliser que c'était Gregor.

A vykřikla, než si vůbec uvědomila, že je to Gregor.

« Oh mon Dieu ! » hurla-t-elle en tendant les bras.

„Panebože," vykřikla s rozpaženýma rukama.

Et elle s'est effondrée sur le canapé comme si elle avait renoncé.

A spadla na gauč, jako by to vzdala.

« Gregor ! » cria sa sœur en levant le poing.

„Gregore!" zvolala na něj sestra se zdviženou pěstí.

Et elle lui lança un regard long, dur et pénétrant.

A ona se na něj podívala dlouhým, tvrdým a pronikavým pohledem.

C'était la première fois qu'elle lui parlait directement.

To bylo poprvé, co s ním mluvila přímo.

Elle a couru dans la pièce voisine pour aller chercher des sels d'ammoniaque.

Běžela do vedlejší místnosti pro vonné soli.

Elle devait ramener sa mère à la conscience.

Musela matku přivést zpět k vědomí.

Gregor voulait aider, il pourrait sauvegarder la photo plus tard.

Gregor chtěl pomoct, obrázek si mohl později uložit.

Mais il s'était solidement collé à la vitre.

Ale pevně se přilepil na sklo.

Il a donc dû s'arracher à ce point en utilisant beaucoup de force.

Takže se musel odtrhnout s použitím velké síly.

Il courut lui aussi dans la pièce voisine, où se trouvait sa sœur.

I on vběhl do vedlejší místnosti, kde byla sestra.

Autrefois, il aurait pu lui donner quelques conseils.

Za starých časů jí mohl dát nějakou radu.

Mais à présent, il ne pouvait rien faire d'autre que rester là, impuissant, et regarder.

Ale teď nemohl dělat nic jiného, než nečinně přihlížet a nečinně přihlížet.

Elle fouilla dans le tiroir, ouvrant diverses bouteilles.

Prohrabala se zásuvkou a otevírala různé lahve.

Et il lui faisait encore peur quand elle se retournait.

A pořád ji děsil, když se otočila.

Une bouteille est tombée par terre, s'est cassée et a éclaté.

Láhev spadla na zem, rozbila se a roztříštila se.

Un éclat de verre a frappé Gregor au visage et l'a blessé.

Skleněná tříska zasáhla Gregora do obličeje a zranila ho.

La bouteille contenait une sorte de liquide caustique.

Láhev obsahovala nějakou žíravou tekutinu.

Et maintenant, le liquide corrosif brûlait le visage de Gregor.

A teď žíravá tekutina pálila Gregorovi obličej.

Sa sœur, cependant, n'avait pas de temps à consacrer à Gregor pour le moment.

Sestra ale teď na Gregora neměla čas.

Elle ramassa autant de bouteilles qu'elle put.

Sebrala tolik lahví, kolik jen mohla.

Et elle est retournée en courant vers sa mère avec les médicaments.

A běžela s lékem zpátky k matce.

Elle claqua la porte du pied, empêchant Gregor d'entrer.

Práskla dveřmi nohou a Gregora zavřela ven.

Il était désormais coupé de sa mère, potentiellement mourante.

Byl nyní odříznut od své potenciálně umírající matky.

S'il ouvrait la porte, il chasserait sa sœur.

Kdyby otevřel dveře, sestru by vyhnal.

Mais bien sûr, elle devait rester pour s'occuper de sa mère.

Ale samozřejmě musela zůstat, aby se o matku starala.

Il ne pouvait plus rien faire d'autre qu'attendre.

Teď už nemohl dělat nic jiného, než na ně čekat.

Rongé par les remords et l'anxiété, il se mit à ramper.

Trápila ho sebevýčitka a úzkost, a tak se začal plazit.

Il rampait partout : sur les murs, les meubles, le plafond.

Plazil se všude; po zdech, nábytku, stropě.

Il avait l'impression que toute la pièce tournait autour de lui.

Měl pocit, jako by se kolem něj točila celá místnost.

Finalement, désespéré et pris de vertiges, il retomba.

Nakonec, v zoufalství a závrati, spadl zpět na zem.

Et il est tombé directement sur la grande table de la salle à manger.

A spadl přímo na velký jídelní stůl.

Il resta allongé là un certain temps, engourdi et incapable de bouger.

Nějakou dobu tam ležel, ztuhlý a neschopný pohybu.

Il était épuisé par tout ce que cette journée lui avait apporté.

Byl vyčerpaný ze všeho, co mu tenhle den přinesl.

Le silence régnait partout, mais c'était peut-être bon signe.

Všude kolem bylo ticho, ale možná to bylo dobré znamení.

Puis, brisant le silence, la sonnette retentit à l'extérieur.

Pak ticho prolomil zazvonění zvonku venku.

La bonne, bien sûr, s'était enfermée dans sa cuisine.

Služebná se samozřejmě zamkla v kuchyni.

La sœur était donc la seule à pouvoir ouvrir la porte.

Takže sestra byla jediná, kdo mohl otevřít dveře.

« Que s'est-il passé ? » fut la première question du père.

„Co se stalo?" zeptal se otec jako první.

L'apparence de Grete lui avait probablement tout dit.

Gretin vzhled mu pravděpodobně prozradil všechno.

La voix de Grete devint étouffée et monotone tandis qu'elle parlait.

Gretin hlas zněl tlumeně a nudně, když mluvila.

Elle a dû enfouir son visage contre la poitrine de son père.

Musela přitisknout obličej k otcově hrudi.

« Maman était inconsciente, mais elle va mieux maintenant. »

„Matka byla v bezvědomí, ale teď se cítí lépe."

« Gregor s'est échappé », a-t-elle ajouté, ce à quoi il s'attendait.

„Gregor utekl," dodala, což očekával.

« Je vous l'ai toujours dit, il allait s'échapper un jour. »

„Vždycky jsem ti říkal, že jednoho dne uteče."

« Mais vous, les femmes, vous ne vouliez pas m'écouter, n'est-ce pas ? »

„Ale vy ženy jste mě nechtěly poslouchat, že ne?"

Gregor comprit rapidement comment son père verrait les choses.

Gregor si rychle uvědomil, jak to jeho otec vidí.

Il avait mal interprété le message trop bref de Grete.

Špatně si vyložil Gretinu příliš stručnou zprávu.

Il supposa que Gregor avait commis un acte de violence.

Předpokládal, že Gregor spáchal nějaký násilný čin.

Gregor devait trouver un moyen d'apaiser son père d'une manière ou d'une autre.

Gregor musel najít způsob, jak otce nějak uklidnit.

Parce qu'il n'avait pas le temps de lui expliquer les choses.

Protože neměl čas mu to vysvětlovat.

Mais de toute façon, il n'aurait pas été capable d'expliquer les choses.

Ale stejně by to nedokázal vysvětlit.

Il s'est donc enfui vers la porte et s'y est plaqué.

Utekl tedy ke dveřím a přitiskl se k nim.

Ainsi, son père pourrait le voir depuis l'antichambre.

Tak ho otec mohl vidět z předsíně.

Et il pourrait constater qu'il avait les meilleures intentions.

A bude si moci být jistý, že má ty nejlepší úmysly.

Il n'était pas nécessaire de le repousser avec un balai.

Nebylo třeba ho odhánět koštětem.

Il aurait suffi que le père ouvre la porte.

Otec by stačil jen otevřít dveře.

Mais il n'était pas d'humeur à remarquer de telles subtilités.

Ale neměl náladu si takových jemností všímat.

« Te voilà ! » s'exclama-t-il dès qu'il entra.

„Tady to máte!" zvolal, jakmile vešel.

C'était comme s'il était à la fois en colère et heureux.

Bylo to, jako by byl zároveň naštvaný a šťastný.

Il recula la tête et leva les yeux vers son père.

Zaklonil hlavu a vzhlédl k otci.

Il n'avait pas imaginé son père debout là, dans cette position.

Nepředstavoval si, že tam jeho otec takhle stojí.

Mais ces derniers temps, il s'était trouvé une nouvelle distraction.

Ale v poslední době si našel novou zábavu.

Ramper occupait désormais une grande partie de sa journée.

Plazit se teď zabíralo velkou část jeho dne.

Auparavant, il se tenait au courant de toutes les nouvelles dans l'appartement.

Předtím sledoval všechny novinky v bytě.

Mais ces derniers temps, il n'y avait pas prêté beaucoup d'attention.

Ale v poslední době tomu tolik pozornosti nevěnoval.

Il aurait dû se préparer à faire face aux changements.

Měl být připraven setkat se se změnami.

Pour autant, cet homme qui se tenait devant lui était-il encore son père ?

Byl tento muž před ním stále otcem?

Était-ce le même homme qui avait l'habitude de rester allongé, fatigué, dans son lit ?

Byl to ten samý muž, který dříve unaveně ležel ve své posteli?

Alors que Gregor était déjà parti en voyage d'affaires.

Když už Gregor odjel na služební cestu.

Était-ce le même homme qui le saluait le soir ?

Byl to ten samý muž, který ho večer vítal?

Lorsqu'il était en robe de chambre, dans son fauteuil.

Když byl v županu ve svém křesle.

Était-ce le même homme qui n'avait pas pu se lever pour l'accueillir ?

Byl to ten samý muž, který se nemohl zvednout, aby ho přivítal?

Restant assis, il leva le bras en signe de joie.

Zůstal tedy sedět a na znamení radosti zvedl ruku.

Était-ce le même homme avec qui il faisait parfois des promenades ?

Byl to ten samý muž, se kterým chodil občas na procházky?

Exceptionnellement : quelques dimanches par an, ou les jours fériés.

Ve vzácných případech: několik nedělí v roce nebo svátky.

Était-ce le même homme qui marchait, enveloppé dans son pardessus ?

Byl to ten samý muž, který šel pěšky, zahalený v kabátu?

S'est-il lentement avancé, entre la mère et lui ?

Pomalu se namáhal vpřed, mezi matkou a ním?

Et ils marchaient déjà lentement à cause de lui.

A už kvůli němu šli pomalu.

Mais à présent, cet homme se tenait droit et fort.

Ale teď tento muž stál silně a vzpřímeně.

Il portait un uniforme bleu à boutons dorés.

Byl oblečený v modré uniformě se zlatými knoflíky.

Les badges que portent les employés des institutions bancaires.

Knoflíky, které nosí zaměstnanci bankovních institucí.

Au-dessus du col rigide, son double menton prononcé se dessinait.

Nad tuhým límcem se vynořila jeho silná dvojitá brada.

Sous ses sourcils broussailleux, ses yeux noirs fixaient le vide.

Zpod hustého obočí se mu dívaly černé oči.

À présent, ses yeux paraissaient perçants, frais et alertes.

Teď jeho oči vypadaly pronikavě, svěže a ostražitě.

Les cheveux blancs, auparavant ébouriffés, étaient désormais peignés.

Dříve rozcuchané bílé vlasy byly sčesané dolů.

Et ses cheveux étaient désormais coiffés d'une raie centrale méticuleuse.

A jeho vlasy teď měly pečlivě rozdělené uprostřed.

Il jeta son chapeau, orné d'un monogramme en or.

Hodil klobouk, který byl připevněn zlatým monogramem.

Il s'agissait probablement du monogramme de la banque pour laquelle il travaillait.

Pravděpodobně to byl monogram banky, pro kterou pracoval.

Et le chapeau atterrit sur le canapé, pour être rangé plus tard.

A klobouk přistál na pohovce, aby ho později uklidili.

Il repoussa le bas de sa longue veste d'uniforme.

Odhrnul si spodek dlouhé uniformní bundy.

Et il mit ses pouces dans les poches de son pantalon.

A strčil si palce do kapes kalhot.

Puis, le visage sombre, il s'avança vers Gregor.

A pak s zachmuřenou tváří kráčel k Gregorovi.

Il ne savait probablement même pas ce qu'il comptait faire.

Pravděpodobně ani nevěděl, co plánuje udělat.

Mais il leva néanmoins les pieds exceptionnellement haut.

Přesto však zvedl nohy neobvykle vysoko.

Gregor était stupéfait par la taille énorme de ses bottes.

Gregor byl ohromen obrovskou velikostí svých bot.

Mais il n'y avait vraiment pas le temps de s'extasier devant ses chaussures.

Ale na obdivování jeho bot opravdu nebyl čas.

Le père avait opté pour une discipline très stricte.

Otec se rozhodl pro velmi přísnou disciplínu.

Seule la plus grande sévérité convenait à Gregor.

Pro Gregora byla vhodná jen ta největší přísnost.

Il le savait dès le premier jour de sa transformation.

Věděl to od prvního dne své proměny.

Il courut vers son père et s'arrêta quand celui-ci s'arrêta.

Běžel k otci a zastavil se, když se zastavil.

Il se précipita de nouveau vers lui lorsqu'il bougea à nouveau.

Znovu se k němu rozběhl, když se znovu pohnul.

Le père marqua une pause, et Gregor fit de même.

Otec se na okamžik odmlčel a Gregor také.

Et il se précipita de nouveau en avant dès que son père eut bougé.

A jakmile se jeho otec pohnul, znovu se vrhl vpřed.

Ils firent ainsi plusieurs fois le tour de la pièce.

Takto několikrát obešli místnost.

Aucun avantage décisif n'avait encore été obtenu par qui que ce soit.

Nikdo zatím nezískal žádnou rozhodující výhodu.

On n'aurait pas pu avoir l'impression d'une poursuite.

Člověk by nemohl získat dojem honičky.

Parce que tout l'événement se déroulait beaucoup trop lentement.

Protože celá událost se odehrávala příliš pomalu.

Gregor avait décidé de rester au sol.

Gregor se rozhodl, že zůstane na zemi.

Il aurait pu courir le long des murs et du plafond.

Mohl běhat po zdech a podél stropu.

Mais il ne voulait pas provoquer inutilement le père.

Ale nechtěl otce zbytečně provokovat.

Une telle évasion aurait pu paraître particulièrement perverse.

Takový útěk se mohl zdát obzvláště zlomyslný.

Gregor admit que cette poursuite ne pourrait pas durer beaucoup plus longtemps.

Gregor připustil, že tato honička už dlouho trvat nemohla.

Chaque étape nécessitait une myriade de mouvements.

Každý krok musel být proveden s nesčetnými pohyby.

Il commençait déjà à avoir le souffle court.

Už začínal pociťovat dušnost.

Même avant cela, il n'avait jamais eu des poumons totalement fiables.

Ani předtím nikdy neměl zcela důvěryhodné plíce.

Il avançait en titubant, économisant ses forces pour la course.

Potácel se dál a šetřil si síly na běh.

Il était si fatigué qu'il avait du mal à garder les yeux ouverts.

Byl tak unavený, že sotva udržel oči otevřené.

Ses pensées étaient devenues trop lentes pour qu'il puisse envisager d'autres solutions.

Jeho myšlenky se příliš zpomalily, než aby dokázal vymyslet další úniky.

Il avait presque oublié que les murs étaient à sa disposition.

Téměř zapomněl, že zdi jsou mu k dispozici.

Mais les murs étaient de toute façon dissimulés derrière des meubles.

Ale stěny byly stejně skryté za nábytkem.

Et les meubles avaient trop d'encoches et de saillies.

A nábytek měl příliš mnoho zářezů a výstupků.

Et puis, juste à côté de lui, en roulant, il y avait une pomme.

A pak, hned vedle něj, se kutálelo jablko.

Il réalisa que la pomme avait dû lui être lancée.

Uvědomil si, že po něm muselo být hozeno jablko.

Mais il n'eut pas le temps de réfléchir qu'une autre pomme arriva.

Ale neměl čas přemýšlet, než přišlo další jablko.

Gregor resta figé, sous le choc de la nouvelle stratégie de son père.

Gregor ztuhl šokem z otcovy nové strategie.

Il ne pouvait plus rien gagner à essayer de fuir.

Z pokusu o útěk už nemohl nic získat.

Le père avait décidé de le bombarder de fruits.

Otec se rozhodl, že ho zasype ovocem.

Il avait rempli ses poches avec les fruits du bol de la cuisine.

Naplnil si kapsy ovocnou mísou z kuchyně.

Sans viser particulièrement, il lançait pomme après pomme.

Bez zvláštního míření házel jedno jablko za druhým.

Ces petites pommes rouges roulaient sur le sol.

Tato malá červená jablíčka se kutálela po zemi.

Comme électrifiées, les pommes se heurtèrent les unes aux autres.

Jako by do sebe narazila elektrizující energie, jablka do sebe narážela.

Une des pommes, lancée mollement, a effleuré le dos de Gregor.

Jedno ze slabě hozených jablek se oškrábalo Gregora na zádech.

Heureusement pour lui, la pomme a glissé sans le blesser.

Naštěstí pro něj jablko sklouzlo bez škody.

Cependant, la pomme lancée ensuite était plus précise.

Jablko hozené později však bylo přesnější.

Et cette pomme s'est logée profondément dans le dos de Gregor.

A toto jablko se zarylo hluboko do Gregorových zad.

Gregor voulait s'éloigner de la douleur.

Gregor se chtěl od bolesti odtrhnout.

Peut-être pourrait-on échapper à cette nouvelle douleur inimaginable.

Možná by se této nové, neuvěřitelné bolesti dalo uniknout.

Un changement d'endroit pourrait peut-être soulager son supplice.

Možná by změna místa zmírnila jeho trápení.

Mais il avait l'impression d'être cloué au sol.

Ale cítil se, jako by ho přibili k podlaze.

Il s'étira, mais seulement à cause de sa confusion.

Protáhl se, ale jen kvůli svému zmatku.

Ce n'est qu'à son dernier regard qu'il vit la porte s'ouvrir.

Teprve naposledy pohlédl, jak se dveře otevírají.

La mère s'est précipitée devant sa sœur qui hurlait.

Matka vyběhla před křičící sestru.

Sa sœur l'avait déshabillée, elle était donc encore en chemise.

Sestra ji svlékla, takže byla jen v košili.

Elle avait besoin de respirer pendant son inconscience.

V bezvědomí potřebovala nadechnout se.

Il voyait encore la mère courir vers le père.

Stále viděl, jak matka běžela k otci.

Ses jupes glissèrent au sol, l'une après l'autre.

Její sukně jedna za druhou sklouzly na zem.

Il la vit s'approcher du père et trébucher sur sa jupe.

Viděl ji, jak se blíží k otci a zakopává o sukni.

L'enlaçant, elle demanda qu'on épargne la vie de Gregor.

Objala ho a prosila o zachování Gregorova života.

En parfaite harmonie avec son corps, sa vue s'est éteinte.

V naprostém spojení s tělem mu selhával zrak.

<h1 style="text-align:center">Troisième partie</h1>
Třetí část

Gregor a souffert de cette grave blessure pendant plus d'un mois.

Gregor trpěl těžkým zraněním déle než měsíc.

La pomme restait incrustée ; personne n'osait l'enlever.

Jablko zůstalo zabořené; nikdo se neodvážil ho vyndat.

La pomme restait plantée dans sa chair comme un rappel visible.

Jablko mu zůstalo v těle jako viditelná připomínka.

Mais la pomme servait aussi de rappel au père.

Ale jablko také sloužilo otci jako připomínka.

Il comprit que Gregor ne devait pas être traité comme un ennemi.

Uvědomil si, že s Gregorem by se nemělo zacházet jako s nepřítelem.

Actuellement, son apparence pourrait être triste et repoussante.

V současné době by jeho vzhled mohl být smutný a nechutný.

Mais il restait néanmoins un membre de leur famille.

Ale i tak byl stále členem jejich rodiny.

Il a fallu accepter et tolérer cette réticence.

Neochota se musela spolknout a tolerovat.

En raison de sa blessure, il risque fort de perdre sa mobilité à jamais.

Kvůli jeho zranění může být jeho mobilita navždy ztracena.

Il continuait à ramper dans sa chambre, mais beaucoup plus lentement.

Pořád se plazil po pokoji, ale mnohem pomaleji.

Ramper à une quelconque hauteur était hors de question.

Plazit se v jakékoli výšce nepřipadalo v úvahu.

Mais Gregor a bien reçu une forme de compensation.

Gregor ale nějakou formu odškodnění obdržel.

Le soir, la porte du salon lui fut ouverte.

Večer mu otevřeli dveře obývacího pokoje.

Et il estimait que ces réparations étaient tout à fait adéquates.
A cítil, že tyto reparace byly zcela dostatečné.
Avant le soir, il avait déjà commencé à surveiller la porte.
Ještě před večerem začal hlídat dveře.
Il était allongé dans l'obscurité, invisible depuis le salon.
Ležel ve tmě, neviditelný z obývacího pokoje.
Il pouvait voir toute la famille à la table illuminée.
Viděl celou rodinu u osvětleného stolu.
Il était désormais autorisé à écouter leurs conversations.
Nyní mu bylo dovoleno poslouchat jejich rozhovory.
C'était très différent de leur arrangement précédent.
To se dost lišilo od jejich předchozího uspořádání.
Les conversations animées d'autrefois étaient terminées.
Živé rozhovory dřívějších dob skončily.
C'étaient ces conversations qu'il désirait tant.
To byly rozhovory, po kterých dříve toužil.
Lorsqu'il dormait seul dans de petites chambres d'hôtel.
Když spal sám v malých hotelových pokojích.
Quand il a dû se jeter dans les draps humides.
Když se musel vrhnout do vlhké postele.
Mais les soirées étaient désormais généralement calmes et sans incident.
Ale večery teď byly většinou klidné a bezproblémové.
Le père s'est endormi dans son fauteuil après le dîner.
Otec po večeři usnul ve svém křesle.
Et la mère et la sœur s'exhortaient mutuellement à se taire.
A matka se sestrou se navzájem naléhaly, aby byly zticha.
La mère, penchée très haut sur la lampe, cousait du lin.
Matka, nakloněná vysoko nad světlo, šila prádlo.
Elle confectionne maintenant des robes pour l'un des magasins de mode.
Teď šila šaty pro jeden z módních obchodů.
Comme Gregor, sa sœur avait trouvé un emploi de vendeuse.
Stejně jako Gregor, i sestra si vzala práci prodavačky.
Elle apprenait la sténographie et le français le soir.

Večer se učila těsnopis a francouzštinu.

Afin qu'elle puisse peut-être obtenir un meilleur poste plus tard.

Aby si později mohla najít lepší pracovní pozici.

Parfois, le père se réveillait de sa sieste du soir.

Někdy se otec probudil z večerního spánku.

« Chérie, tu as déjà cousu tellement longtemps aujourd'hui ! »

"Zlato, dnes už jsi tak dlouho šila!"

Il semblait avoir oublié qu'il dormait.

Zdálo se, že zapomněl, že spal.

Mais il retombait aussitôt dans son sommeil.

Ale okamžitě znovu upadl do spánku.

Et la mère et la sœur s'échangèrent un sourire las.

A matka a sestra se na sebe unaveně usmály.

Le père avait développé une étrange nouvelle obstination.

Otec si vypěstoval podivnou novou tvrdohlavost.

Même chez lui, il refusait d'enlever son uniforme de domestique.

Dokonce i doma si odmítal svléknout služebnickou uniformu.

Et son peignoir pendait inutilement sur le cintre.

A jeho župan visel bezcenně na ramínku.

Le père dormit donc, tout habillé, dans son fauteuil.

Otec tedy spal, plně oblečený, ve svém křesle.

C'était comme s'il était toujours prêt à rendre service.

Bylo to, jako by byl vždy připraven vykonat svou službu.

Comme s'il attendait simplement la voix de son supérieur.

Jako by jen čekal na hlas svého nadřízeného.

Cela a eu pour conséquence que son uniforme a perdu sa propreté.

To vedlo k tomu, že jeho uniforma ztratila čistotu.

Bien que l'uniforme ne fût pas neuf lorsqu'il l'a reçu.

I když uniforma taky nebyla nová, když ji dostal.

Et la mère faisait de son mieux pour prendre soin de l'uniforme.

A matka se ze všech sil starala o uniformu.

Gregor passait des soirées entières à contempler cet uniforme.

Gregor trávil celé večery prohlížením si této uniformy.

Il observa le vieil homme dormir très mal.

Sledoval, jak starý muž nepohodlně spí.

Mais dans son sommeil, il remarqua aussi quelque chose de paisible.

Ale ve spánku si také všiml něčeho klidného.

Lorsque l'horloge a sonné dix heures, la mère a essayé de le réveiller.

Když hodiny odbily deset, matka se ho pokusila probudit.

Elle lui parla doucement et le persuada d'aller se coucher.

Tiše promluvila a přesvědčila ho, aby šel spát.

Parce que dormir sur un fauteuil, ce n'était pas du vrai sommeil.

Protože spaní v křesle nebyl opravdový spánek.

Il allait devoir commencer à travailler à six heures.

Musel začít pracovat v šest hodin.

Il avait donc vraiment besoin de dormir le mieux possible.

Takže se opravdu potřeboval co nejlépe vyspat.

Mais il était pris d'une nouvelle forme d'obstination.

Ale sevřela ho nová forma tvrdohlavosti.

Le fait de devenir serviteur avait commencé à avoir cet effet sur lui.

To, že se stal sluhou, na něj začalo mít tento vliv.

Il insistait donc toujours pour rester plus longtemps à table.

Takže vždycky trval na tom, aby u stolu zůstal déle.

Bien qu'il se rendormît régulièrement dans son fauteuil.

I když pravidelně zase usínal ve svém křesle.

Et il ne pouvait être déplacé qu'avec la plus grande difficulté.

A pohnout s ním bylo možné jen s největšími obtížemi.

Il a fallu lui dire que ce lit lui conviendrait mieux.

Muselo se mu říct, že postel pro něj bude lepší.

La mère et la sœur ont dû insister, malgré quelques avertissements.

Matka a sestra musely trvat na svém s malými varováními.

Pendant quinze minutes, il se contenta de secouer lentement la tête.

Patnáct minut jen pomalu kroutil hlavou.

Et il garda les yeux fermés et refusa de se lever.

A on měl zavřené oči a odmítal vstát.

La mère tira doucement, mais fermement, sur sa manche.

Matka ho jemně, ale pevně zatahala za rukáv.

Et elle lui murmurait des mots flatteurs à l'oreille, encore fatiguée.

A šeptala mu lichotivá slova do unavených uší.

La sœur a interrompu sa tâche pour aider sa mère.

Sestra opustila práci, kterou měla na práci, aby pomohla matce.

Mais aucun de leurs efforts n'a fonctionné sur le père.

Ale ani jeden z jejich pokusů na otce nezabral.

Il s'enfonça encore plus profondément dans son fauteuil, prêt à dormir.

Zabořil se ještě hlouběji do křesla, připravený ke spánku.

Et finalement, les femmes l'ont attrapé sous les aisselles.

A nakonec ho ženy chytily pod paží.

Il ouvrit les yeux et les regarda tour à tour.

Otevřel oči a střídavě se na ně díval.

« Quelle vie ! » se plaignit-il en allant se coucher.

„Co je to za život," stěžoval si, když šel spát.

« Est-ce là la paix qui m'a été accordée dans ma vieillesse ? »

„Je tohle ten klid, který mi byl dán ve stáří?"

Mais alors, s'appuyant sur les deux femmes, il se leva maladroitement.

Ale pak se opřel o obě ženy a nešikovně vstal.

Il agissait comme s'il portait le fardeau le plus lourd.

Choval se, jako by nesl to nejtěžší břemeno.

Il laissa les deux femmes le conduire au fond de la pièce.

Nechal se oběma ženami dovést na konec místnosti.

Là, il leur souhaita bonne nuit et poursuivit son chemin seul.

Tam jim popřál dobrou noc a pokračoval dál sám.

Mais la mère jeta précipitamment son nécessaire à couture.

Ale matka spěšně odhodila svou šicí soupravu.

Et la sœur posa elle aussi le stylo et le bloc-notes.

A sestra také odložila pero a zápisník.

Et ils coururent derrière le père pour l'aider davantage.

A běželi za otcem, aby mu dále pomáhali.

Qui, dans cette famille surmenée, avait du temps à consacrer à Gregor ?

Kdo v této přepracované rodině měl na Gregora čas?

Qui aurait pu lui accorder plus d'attention que nécessaire ?

Kdo mu mohl věnovat více pozornosti, než bylo nutné?

Le budget des ménages est devenu de plus en plus restreint.

Domácí rozpočet se stále více omezoval.

Finalement, pour faire des économies, ils ont dû licencier la bonne.

Nakonec, aby ušetřili peníze, museli služebnou propustit.

Elle fut remplacée par une femme à la carrure imposante et aux cheveux blancs.

Nahradila ji silnokožná žena s bílými vlasy.

Mais cette femme ne venait que le matin et le soir.

Ale tato žena chodila jen ráno a večer.

Et tout le travail le plus lourd et le plus pénible lui avait été réservé.

A veškerá ta nejtěžší a nejnáročnější práce byla ušetřena pro ni.

Toutes les autres tâches ménagères étaient prises en charge par la mère.

O všechny ostatní práce se starala matka.

Il est même arrivé que plusieurs bijoux de famille soient vendus.

Dokonce se stalo, že se prodávaly různé rodinné šperky.

Des bijoux que les femmes avaient portés avec joie lors des festivités.

Šperky, které ženy s radostí nosily během oslav.

Gregor a appris cela lors d'une discussion générale.

Gregor se to dozvěděl z jedné z obecných diskusí.

Le principal grief, cependant, portait sur autre chose.

Největší stížností však bylo něco jiného.

L'appartement était trop grand, mais ils ne pouvaient pas déménager.

Byt byl příliš velký, ale nemohli se odstěhovat.

Il était impossible de déplacer Gregor.

Gregora nemohli přemístit.

Mais Gregor comprit que ce n'était pas seulement une question de considération.

Gregor si ale uvědomil, že nešlo jen o ohleduplnost.

Quelque chose d'autre les a empêchés de déménager ailleurs.

Něco jiného jim bránilo v tom, aby se přestěhovali někam jinam.

Il aurait facilement pu être transporté dans une caisse appropriée.

Dalo se ho snadno přepravit ve vhodné krabici.

Leur sentiment de désespoir total les a paralysés.

Pocity naprosté beznaděje je brzdily.

Ils ne voulaient pas admettre que le malheur les avait frappés.

Nechtěli si přiznat, že je postihlo neštěstí.

Ils ont accompli ce que le monde exige des pauvres.

Co svět od chudých lidí požaduje, oni splnili.

Le père a apporté le petit déjeuner au jeune employé de banque.

Otec přinesl malému bankovnímu úředníkovi snídani.

La mère s'est sacrifiée pour laver le linge d'inconnus.

Matka se obětovala pro prádlo cizích lidí.

La sœur faisait des allers-retours pour prendre les commandes des clients.

Sestra běhala sem a tam pro objednávky zákazníků.

Mais ils n'avaient tout simplement plus la force d'en faire plus.

Ale na nic víc prostě neměli sílu.

La blessure dans le dos de Gregor commença à le faire encore plus souffrir.

Rána na Gregorových zádech začala bolet ještě víc.

Chaque soir, la mère et la sœur amenaient le père au lit.

Každý večer matka a sestra přivedly otce do postele.
Ils laissèrent leur travail où il était et s'assirent ensemble.
Nechali práci tam, kde byla, a sedli si spolu.
Ils se rapprochèrent et s'assirent joue contre joue.
A přiblížili se k sobě a posadili se tváří v tvář.
La mère désigna la pièce d'où il observait.
Matka ukázala na místnost, odkud se díval.
« Pourriez-vous fermer la porte ? » demanda-t-elle à sa sœur.
„Mohl bys zavřít dveře?" zeptala se sestry.
Et Gregor se retrouva de nouveau seul dans le noir.
A pak Gregor zůstal znovu sám ve tmě.
Et dans la pièce voisine, la femme mêla leurs larmes.
A v další místnosti žena smísila jejich slzy.
Ou bien ils restaient assis, les yeux secs, fixant simplement la table.
Nebo seděli se suchýma očima a jen zírali do stolu.
Gregor ne dormait pratiquement pas, ni la nuit ni le jour.
Gregor téměř nespal, ani v noci, ani ve dne.
Il réfléchissait souvent à la façon dont il pourrait aider sa famille.
Často přemýšlel o tom, jak by mohl rodině pomoci.
Il songea à gagner à nouveau de l'argent pour eux.
Přemýšlel, jak pro ně znovu vydělat peníze.
Il songea à faire ce qu'il faisait autrefois pour eux.
Přemýšlel o tom, co pro ně dělal dříve.
Le représentant autorisé lui revint dans ses pensées.
V myšlenkách se vrátil zmocněný zástupce.
Et cette fois, le patron est également venu à l'appartement.
A tentokrát do bytu přišel i šéf.
Et les commis et les apprentis étaient là aussi.
A úředníci a učni tam byli také.
Même le domestique un peu simplet est venu le voir.
Dokonce i ten pomalý úředník ho přišel navštívit.
Il y avait deux ou trois amis d'autres entreprises.
Byli tam dva nebo tři přátelé z jiných podniků.
Une des femmes de chambre d'un hôtel de province.
Jedna z pokojských z hotelu na venkově.

Un souvenir précieux et fugace auquel il s'efforçait de s'accrocher.

Drahá a prchavá vzpomínka, které se snažil udržet.

Une caissière d'une chapellerie pour laquelle il avait des intentions.

Pokladní z kloboučnictví, pro kterou měl úmysly.

Mais il avait été un peu trop lent à obtenir son approbation.

Ale na to, aby si získal její souhlas, byl trochu příliš pomalý.

Ils lui apparurent tous, mêlés à des inconnus.

Všichni se mu objevovali v myšlenkách, smíchaní s cizími lidmi.

Et d'autres n'apparurent pas ; ils étaient déjà oubliés.

A další se neobjevili; na ty se už zapomnělo.

Mais ils ne l'ont pas aidé, ni lui, ni sa famille.

Ale nepomohli jemu, ani rodině.

Ils étaient inaccessibles, et il était content quand ils sont partis.

Byli nepřístupní a on byl rád, když odešli.

Il n'était pas toujours d'humeur à se soucier de sa famille.

Ne vždycky měl náladu se starat o rodinu.

Et il était rempli de rage à cause de ce manque d'attention.

A z nedostatku pozornosti ho naplňoval vztek.

Et il ne pouvait imaginer rien qui puisse lui faire envie.

A nedokázal si představit nic, na co by měl chuť.

Mais il avait tout de même prévu de cambrioler le garde-manger.

Ale stále plánoval vloupání do spíže.

Et il allait prendre tout ce qui lui était dû.

A vezme si všechno, co si zasloužil.

Sa sœur ne faisait plus aucun effort particulier pour lui.

Sestra se o něj už nijak zvlášť nesnažila.

Elle ne consacrait plus de temps à chercher à lui plaire.

Už netrávila čas přemýšlením o tom, jak ho potěšit.

Avant d'aller travailler, elle a rapidement glissé de la nourriture dans la pièce.

Před prací rychle vnesla do místnosti nějaké jídlo.

Et le soir venu, elle a rapidement ramassé les restes.

A večer jídlo zase rychle smetla.

Elle ne faisait plus attention à savoir s'il avait mangé ou non.

Už si nevšímala, jestli jedl, nebo ne.

Le plus souvent, la nourriture restait intacte.

Jídlo teď většinou zůstávalo nedotčené.

Elle continuait de traverser la pièce rapidement le soir.

Večer se stále rychle prohnala místností.

Mais maintenant, elle se contentait du strict minimum, aussi vite que possible.

Ale teď udělala to nejnutnější minimum, tak rychle, jak to jen šlo.

Des traînées de saleté jonchaient les murs.

Po zdech zůstaly stékat šmouhy špíny.

Des boules de poussière et de détritus jonchaient le sol.

Na podlaze zůstaly ležet koule prachu a odpadků.

Gregor manifesta son désapprobation face à son manque d'attention.

Gregor dal najevo svůj nesouhlas s jejím nedostatkem péče.

Il se tourna selon un angle particulièrement significatif.

Otočil se pod obzvláště významným úhlem.

Mais il aurait pu rester à ce poste pendant des semaines.

Ale mohl v této pozici zůstat celé týdny.

Sa sœur n'aurait pas remarqué son mécontentement.

Jeho sestra by si jeho nespokojenosti nevšimla.

Elle voyait la saleté aussi bien que lui, voire mieux.

Viděla špínu stejně dobře jako on, ne-li lépe.

Mais elle avait décidé de laisser la saleté où elle était.

Ale rozhodla se nechat hlínu tam, kde byla.

À cette époque, elle a développé une sensibilité totalement nouvelle.

V té době si osvojila zcela novou citlivost.

Elle s'était donné pour mission de nettoyer la chambre de Gregor.

Udělala si z úklidu Gregorova pokoje svou zodpovědnost.

La famille a été touchée par sa gentillesse et sa prévenance.

Rodinu dojala její laskavá ohleduplnost.

Une fois, sa mère avait nettoyé sa chambre de fond en comble.

Matka mu jednou důkladně uklidila pokoj.

Ce n'est qu'après avoir utilisé plusieurs seaux d'eau qu'elle a réussi.

Teprve po použití několika kbelíků vody se jí to podařilo.

Cependant, l'humidité nouvelle dans la pièce a nui à Gregor.

Nová vlhkost v místnosti však Gregorovi škodila.

Et il gisait, étendu de tout son long, amer et immobile sur le canapé.

A ležel široce roztažený, hořký a nehybný na pohovce.

Mais ce n'était que sa première punition pour avoir aidé.

Ale to byl jen její první trest za pomoc.

La sœur remarqua rapidement le changement dans la chambre de Gregor.

Sestra si rychle všimla změny v Gregorově pokoji.

Et elle s'est précipitée dans le salon, extrêmement insultée.

A vběhla do obývacího pokoje, nesmírně uražená.

Sa mère leva les mains et tenta de la supplier.

Její matka zvedla ruce a snažila se ji prosit.

Mais malgré une explication sincère, elle a éclaté en sanglots.

Ale i přes upřímné vysvětlení se rozplakala.

Le père, bien sûr, sursauta et se leva de sa chaise.

Otec samozřejmě s úlekem vyskočil ze židle.

Et les deux parents regardaient, stupéfaits et impuissants.

A oba rodiče se dívali, užasle a bezmocně.

Et finalement, leurs émotions s'agitèrent elles aussi.

A nakonec se i jejich emoce rozvířily.

Le père a reproché à la mère ce qu'elle avait fait.

Otec matce vyčítal, co udělala.

« Tu aurais dû laisser la chambre à Grete pour qu'elle la nettoie. »

„Měl jsi nechat pokoj, aby ho Grete uklidila.“

Grete a crié sur sa mère parce qu'elle avait nettoyé sa chambre.

Grete křičela na matku, že mu uklidila pokoj.

«Tu n'as plus jamais le droit de nettoyer sa chambre !»
"Už nikdy v životě nesmíš uklízet jeho pokoj!"
La mère a essayé d'entraîner le père dans la chambre.
Matka se pokusila otce zatáhnout do ložnice.
La sœur resta seule dans la pièce, tremblante et sanglotant.
Sestra zůstala v pokoji, třásla se a vzlykala.
Et elle frappa la table avec ses petits poings.
A bušila pěstičkami do stolu.
Et Gregor siffla bruyamment de colère contre eux tous.
A Gregor na všechny hlasitě zasyčel vzteky.
Pourquoi personne n'avait-il pensé à lui fermer la porte ?
Proč nikoho nenapadlo zavřít před ním dveře?
Ils auraient pu lui épargner ce spectacle et ce bruit.
Mohli ho ušetřit tohoto pohledu a hluku.
Sa sœur était épuisée après être rentrée du travail.
Sestra byla po návratu z práce vyčerpaná.
Et s'occuper de Gregor représentait encore plus de travail
pour elle.
A péče o Gregora pro ni byla ještě větší námaha.
Mais cela ne signifie pas que la mère aurait dû le faire.
Ale to neznamenalo, že to matka měla udělat.
Gregor, en revanche, ne doit pas être négligé.
Gregor by na druhou stranu neměl být zanedbáván.
Mais maintenant, ils avaient une nouvelle bonne qui
pouvait faire ce genre de choses.
Ale teď měli novou služebnou, která uměla takové věci.
Une veuve âgée à la charpente osseuse robuste.
Starší vdova, která měla robustní kostru.
Une stature qui l'a aidée à survivre à sa vie difficile.
Postava, která jí pomohla přežít její těžký život.
L'apparence de Gregor ne lui déplaisait pas vraiment.
Neměla žádný skutečný odpor k Gregorovu vzhledu.
Elle avait ouvert la porte de la chambre de Gregor par
inadvertance.
Omylem otevřela dveře do Gregorova pokoje.
Ce n'était pas par curiosité particulière à propos de la pièce.
Nebylo to z nějaké zvláštní zvědavosti ohledně místnosti.

Elle faisait simplement son travail et a ouvert la porte par hasard.

Jen si dělala svou práci a náhodou otevřela dveře.

Gregor, bien sûr, fut complètement surpris par elle.

Gregor byl z ní samozřejmě naprosto překvapen.

Il n'était pas poursuivi, mais il courait d'avant en arrière.

Nepronásledovali ho, ale běhal sem a tam.

Elle croisa simplement les bras et le regarda ramper.

A ona si jen založila ruce a sledovala, jak se plazí.

Depuis lors, elle lui entrouvrait toujours un peu la porte.

Od té doby mu vždycky trochu pootevřela dveře.

Un matin, elle a jeté un coup d'œil pour voir comment il allait.

Jednou ráno se podívala, jak se mu daří.

Et le soir, elle est allée prendre de ses nouvelles avant de partir.

A večer se na něj podívala, než odešla.

Au début, elle a aussi essayé de l'appeler pour qu'il vienne la rejoindre.

Nejdříve se ho také snažila zavolat, aby k ní přišel.

« Viens par ici, vieux bousier ! » disait-elle.

„Pojď sem, starý broku!" říkávala.

Ou bien elle disait, amicalement : « Regardez ce vieux bousier ! »

Nebo řekla přátelsky: „Podívejte se na toho starého brouka!".

Gregor n'a jamais réagi lorsqu'on lui parlait de cette façon.

Gregor nikdy nereagoval na to, když s ním někdo takhle oslovil.

Il resta là, immobile, et l'ignora.

Zůstal tam bez hnutí a ignoroval ji.

« Si seulement on lui avait expliqué comment faire correctement son travail. »

„Kdyby jí jen někdo řekl, jak má správně dělat svou práci."

« Au lieu de me déranger, elle devrait nettoyer ma chambre. »

„Místo aby mě otravovala, měla by mi uklidit pokoj."

Tôt le matin, une forte pluie a frappé les fenêtres.

Jednou brzy ráno udeřil do oken silný déšť.
Peut-être la pluie était-elle déjà un signe du printemps à venir.
Možná už déšť byl známkou přicházejícího jara.
La bonne recommença à lui parler de cette façon.
Služebná s ním znovu začala mluvit takovým způsobem.
Gregor était tellement amer qu'il se tourna vers elle.
Gregor byl tak rozhořčený, že se k ní otočil čelem.
Il était lent et infirme, mais c'était une sorte d'attaque.
Byl pomalý a neschopný, ale byl to tak trochu útok.
La bonne, en revanche, n'avait absolument pas peur de Gregor.
Služebná se však Gregora vůbec nebála.
Au lieu de cela, elle souleva une chaise qui se trouvait près de la porte.
Místo toho zvedla židli, která byla blízko dveří.
Et elle resta là, calmement, la bouche grande ouverte.
A ona tam stála, klidně, s dokořán otevřenými ústy.
Ses intentions étaient claires, même Gregor pouvait le voir.
Její úmysly byly jasné, dokonce i Gregor to viděl.
Et il se retourna lentement pour reprendre sa position initiale.
A pomalu se otočil do své původní polohy.
« Donc vous ne voulez pas vous approcher davantage, n'est-ce pas ? »
„Takže se nechceš přiblížit, že ne?“
Et elle remit discrètement la chaise dans le coin.
A tiše postavila židli zpátky do rohu.

Gregor ne mangeait presque plus rien.
Gregor už téměř nic nejedl.
Parfois, lors de ses promenades dans la pièce, il s'arrêtait.
Někdy se při svých procházkách po místnosti zastavil.
Et il se retrouva à côté du repas qui lui avait été préparé.
A ocitl se vedle jídla, které mu bylo připraveno.
Il mit la nourriture dans sa bouche, mais seulement pour jouer avec.

Dal si jídlo do pusy, ale jen aby si s ním hrál.

Et bien souvent, il le recrachait quelques heures plus tard.

A docela často to po pár hodinách zase vyplivl.

Il essaya de trouver une raison à son manque d'appétit.

Snažil se najít důvod pro svou nechutenství.

Peut-être parce qu'il était triste de l'état de sa chambre.

Možná proto, že byl smutný ze stavu svého pokoje.

Mais il s'était fait à l'idée des changements survenus dans la pièce.

Ale smířil se se změnami v místnosti.

Récemment, sa chambre était devenue une sorte de débarras.

Nedávno se z jeho pokoje stala jakási skladiště.

Ils avaient pris l'habitude de laisser des choses là.

Zvykli si tam nechávat věci.

Et il restait maintenant beaucoup de choses de ce genre dans sa chambre.

A v jeho pokoji teď zbylo mnoho takových věcí.

Parce qu'une chambre de l'appartement avait été louée.

Protože jeden pokoj v bytě byl pronajatý.

Trois messieurs sérieux louaient la chambre ensemble.

Pokoj si pronajímali společně tři vážní pánové.

Gregor les avait aperçus un jour à travers une fente dans la porte.

Gregor si jich jednou všiml škvírou ve dveřích.

Ils portaient des barbes fournies et étaient habillés avec un soin méticuleux.

Měli plné vousy a byli pečlivě oblečeni.

Ils étaient scrupuleux quant à la propreté des lieux.

Dbalě na to, aby ve všem udržovali pořádek.

Leur obsession pour la propreté ne s'arrêtait pas à leur chambre.

Jejich důraz na uklizenost se neomezoval jen na jejich pokoj.

L'appartement entier devait être maintenu d'une propreté impeccable.

Celý byt musel být udržován v perfektním čistotě.

Ils étaient encore plus pointilleux sur l'apparence de la cuisine.

Ještě více si dělali starosti s tím, jak kuchyň vypadá.

Et ils ne supportaient aucun encombrement inutile.

A nemohli tolerovat žádný zbytečný nepořádek.

Ils avaient également apporté leurs propres meubles.

Také si s sebou přivezli vlastní nábytek.

C'est pourquoi beaucoup de choses étaient devenues superflues.

Z tohoto důvodu se mnoho věcí stalo zbytečným.

C'étaient des choses pour lesquelles personne n'aurait payé.

Byly to věci, za které by nikdo neplatil.

Mais la famille ne voulait pas non plus se débarrasser de ces objets.

Ale rodina se těchto věcí také nechtěla zbavit.

Tous ces objets ont fini quelque part dans la chambre de Gregor.

Všechny tyto věci se někam dostaly do Gregorova pokoje.

Le cendrier de la cuisine se trouvait désormais dans sa chambre.

Popelník z kuchyně teď měl v pokoji.

Et les ordures étaient entreposées dans sa chambre jusqu'au jour de la collecte.

A odpadky si nechal v pokoji až do dne, kdy se svážel odpad.

La bonne a jeté dans sa chambre tout ce dont elle n'avait pas besoin.

Služebná mu do pokoje naházela všechno, co nepotřebovala.

Heureusement, il n'a vu que la main et l'objet.

Naštěstí neviděl nic víc než ruku a předmět.

Elle comptait probablement revenir chercher les affaires plus tard.

Pravděpodobně se pro ty věci chtěla vrátit později.

Ou peut-être voulait-elle tout jeter d'un coup.

Nebo možná chtěla všechno zahodit najednou.

Cependant, tout est resté là où il s'était initialement posé.

Všechno však zůstalo tam, kde to původně přistálo.

À moins que Gregor n'ait déplacé les débris en se faufilant à travers.

Ledaže by Gregor s tím haraburdím pohnul tak, že by se jím prohrabal.

Au début, il a été obligé de ramper à travers tous les détritus.

Zpočátku byl nucen prolézat vším tím haraburdím.

Il lui était impossible d'éviter cela.

Neměl žádnou možnost se tomu vyhnout.

Mais plus tard, il a finalement trouvé du plaisir dans cette activité.

Ale později v této činnosti skutečně nacházel potěšení.

Bien que ces efforts l'aient laissé triste et profondément fatigué.

Ačkoli ho taková námaha zarmoutila a hluboce unavila.

Et ensuite, il est resté incapable de bouger pendant de nombreuses heures.

A poté se mnoho hodin nemohl pohnout.

Les locataires prenaient parfois leurs repas dans le salon.

Nájemníci někdy jedli v obývacím pokoji.

La porte du salon restait fermée ces soirs-là.

Dveře do obývacího pokoje zůstávaly v ty večery zavřené.

Mais Gregor n'avait aucune difficulté à ne pas ouvrir la porte à présent.

Ale Gregorovi teď nedělalo problém neotevřet dveře.

Même lorsque la porte était ouverte, il ne regardait pas toujours dehors.

I když byly dveře otevřené, ne vždy se díval ven.

Mais il s'allongea dans le coin le plus sombre de la pièce.

Ale on se usadil v nejtemnějším rohu místnosti.

La famille n'a pas non plus remarqué son manque d'attention.

Ani rodina si jeho nedostatku pozornosti nevšimla.

Mais une fois, la bonne a laissé la porte ouverte.

Ale jednou se stalo, že služebná nechala dveře otevřené.

La porte est restée ouverte même au retour des locataires.

Dveře zůstaly otevřené, i když se nájemníci vrátili.

Et la porte était ouverte quand la lumière a été allumée.

A dveře byly otevřené, když se rozsvítilo.

L'homme était assis à la table où la famille dînait.

Muž seděl u stolu, kde rodina večeřela.

Autrefois, père, mère et Gregor étaient assis là.

Otec, matka a Gregor tam sedávali v dřívějších dobách.

Ils déplièrent les serviettes et prirent des couteaux et des fourchettes.

Rozložili ubrousky a vzali si nože a vidličky.

La mère apparut sur le seuil avec un bol de viande.

Matka se objevila ve dveřích s miskou masa.

Puis sa sœur est entrée avec un bol plein de pommes de terre.

Pak vešla sestra s mísou plnou brambor.

Les locataires se penchèrent sur les bols placés devant eux.

Nájemníci se skláněli nad miskami, které byly před nimi postaveny.

L'épaisse fumée des aliments leur montait jusqu'au nez.

Hustý kouř z jídla jim stoupal až k nosu.

Mais ils n'avaient pas encore décidé s'ils allaient manger.

Ale ještě se nerozhodli, zda to jídlo sní.

Peut-être renverraient-ils le plat en cuisine.

Možná by jídlo poslali zpátky do kuchyně.

L'homme assis au milieu semblait être l'autorité.

Muž sedící uprostřed se zdál být autoritou.

Il a coupé la viande pour déterminer si elle était suffisamment tendre.

Nakrájel maso, aby zjistil, jestli je dostatečně měkké.

Il était satisfait de l'odeur et de l'apparence des aliments.

Byl spokojený s tím, jak jídlo vonělo a vypadalo.

La mère et la sœur les observaient avec anxiété.

Matka a sestra je úzkostlivě pozorovaly.

Et ils commencèrent à sourire, poussant un soupir de soulagement accumulé.

A začali se usmívat s povzdechem nahromaděné úlevy.

La famille allait elle-même manger dans la cuisine.

Rodina sama se chystala jíst v kuchyni.

Mais avant cela, le père alla voir comment allaient les locataires.

Ale nejdříve se otec šel podívat na nájemníky.

Il s'inclina une fois, tenant sa casquette de travail à la main.

Jednou se uklonil a v ruce držel čepici z práce.

Et il fit le tour de la table, saluant chaque invité.

A obešel stůl, ke každému hostovi

Les locataires se levèrent tous en marmonnant dans leur barbe.

Všichni nájemníci vstali a mumlali si do vousů.

Après son départ, ils mangèrent dans un silence presque complet.

Poté, co odešel, jedli téměř v naprostém tichu.

Gregor trouvait étrange d'entendre des bruits de mastication.

Gregorovi se zdálo zvláštní, že slyší žvýkání.

Aucun autre aspect du repas ne semblait produire le moindre son.

Žádný jiný aspekt jídla se nezdál být slyšet.

Mais il pouvait distinctement entendre des dents grincer.

Ale zřetelně slyšel skřípání zubů.

Ils semblaient lui dire qu'il avait besoin de dents pour manger.

Zdálo se, že mu říkají, že k jídlu potřebuje zuby.

« On ne peut rien faire si on n'a plus de dents dans la mâchoire. »

"Nemůžeš dělat nic, když máš bezzubé čelisti."

« J'aimerais manger quelque chose », dit Gregor avec anxiété.

„Rád bych si něco dal,“ řekl Gregor úzkostlivě.

« Mais je n'ai aucun appétit pour ce que vous mangez tous. »

„Ale na to, co všichni jíte, nemám chuť.“

« Regardez ces locataires manger, et moi je meurs de faim. »

„Podívejte se, jak tito nájemníci jedí, a já tady umírám hlady.“

Ce soir-là, Gregor pensait justement au violon.

Gregor ten večer náhodou pomyslel na housle.

Il n'avait plus entendu le violon depuis la transformation.

Od té proměny neslyšel housle.

Mais ce soir-là, un bruit est venu de la cuisine.

Ale pak, dnes večer, se z kuchyně ozval zvuk.

Les messieurs avaient déjà terminé leur repas du soir.

Pánové už dojedli večeři.

L'homme du milieu avait commencé à lire un journal.

Prostřední pán začal číst noviny.

Il avait donné une feuille à chacun des deux autres messieurs.

Dvěma dalším pánům dal každému prostěradlo.

Et maintenant, ils étaient affalés en arrière, en train de lire et de fumer.

A teď se opírali, četli si a kouřili.

Lorsque le violon commença à jouer, ils devinrent attentifs.

Když začaly hrát housle, začali pozorně sledovat.

Ils se levèrent et marchèrent sur la pointe des pieds jusqu'à la porte de l'antichambre.

Vstali a po špičkách šli ke dveřím předsíně.

Ils se tenaient là, blottis les uns contre les autres, écoutant à la porte.

Stáli tu schoulení k sobě a naslouchali u dveří.

La famille a dû entendre les hommes qui étaient dans la cuisine.

Rodina musela slyšet muže z kuchyně.

Car le père les appela et leur demanda :

Protože otec na ně zavolal a zeptal se jich;

« Le violon ne serait-il pas inconfortable pour ces messieurs ? »

„Nejsou snad housle pro pány nepohodlné?“

« Si la musique ne vous plaît pas, on peut s'arrêter immédiatement. »

„Jestli se ti hudba nelíbí, můžeme okamžitě přestat.“

« Au contraire », dit celui du milieu des messieurs.

„Naopak,“ řekl prostřední z pánů.

« La jeune fille aimerait-elle jouer du violon dans notre chambre ? »

"Chtěla by si slečna zahrát na housle v našem pokoji?"

« C'est nettement plus confortable et chaleureux ici. »

"Je to tu rozhodně mnohem pohodlnější a útulnější."

Le père répondit comme s'il était lui-même le violoniste.

Otec odpověděl, jako by byl sám houslistou.

« Oh, je vous en prie, ce serait merveilleux », s'écria le père.
„Prosím, to by bylo skvělé,“ zvolal otec.
Les messieurs retournèrent au salon et attendirent.
Pánové se vrátili do obývacího pokoje a čekali.
Peu après, le père entra dans la pièce avec le pupitre.
Brzy vešel do místnosti otec s notovým pultem.
La mère entra dans la pièce avec le livre de musique.
Matka vešla do pokoje s notovou knihou.
Et la sœur entra dans la pièce avec le violon.
A sestra vešla do místnosti s houslemi.
Elle a calmement tout préparé pour jouer du violon.
Klidně si všechno připravila na hru na housle.
Les parents exagéraient leur politesse et leurs bonnes manières.
Rodiče přeháněli svou zdvořilost a chování.
Ils n'avaient jamais loué de chambres à des locataires auparavant.
Nikdy předtím nepronajímali pokoje nájemníkům.
Et ils n'osaient même pas s'asseoir sur leurs propres chaises.
A ani si neodvážili sednout na vlastní židle.
Au lieu de s'asseoir, le père s'appuya contre la porte.
Místo aby se posadil, se otec opřel o dveře.
Sa main droite était coincée entre deux boutons de son manteau.
Pravou ruku měl mezi dvěma knoflíky kabátu.
Un monsieur a toutefois offert une chaise à la mère.
Matce však jeden pán nabídl židli.
Mais elle s'assit là où le monsieur avait placé la chaise.
Ale seděla tam, kam pán postavil židli.
Et il n'avait pas placé la chaise à un endroit précis.
A židli neumístil na žádné konkrétní místo.
La mère s'assit donc à l'écart de tout le monde, dans un coin.
Matka si tedy sedla stranou od všech, do rohu.
Et finalement, la sœur s'est mise à jouer du violon.
A konečně sestra začala hrát na housle.
Les parents, placés de part et d'autre, suivaient attentivement.

Rodiče na opačných stranách bedlivě sledovali situaci.

Et ils observaient attentivement chacun des mouvements de sa main.

A pečlivě sledovali každý pohyb její ruky.

Gregor était également attiré par le jeu du violon.

Gregora také přitahovala hra na housle.

Et il s'aventura un peu plus loin hors de sa chambre.

A odvážil se ze svého pokoje o kousek dál.

Il avait déjà la tête dans le salon.

Už byl s hlavou v obývacím pokoji.

Il était très fier d'être très attentionné.

Býval velmi pyšný tím, že byl velmi ohleduplný.

Mais récemment, il ne remettait guère en question son manque d'attention.

Ale v poslední době o svém nedostatku péče téměř nezpochybňoval.

Même s'il avait maintenant plus de raisons de se cacher qu'auparavant.

I když teď měl víc důvodů se schovávat než dřív.

Parce que sa chambre était recouverte de poussière et de saletés diverses.

Protože jeho pokoj byl pokrytý prachem a různou špínou.

Le moindre mouvement soulevait toutes sortes d'immondices.

Sebemenší pohyb zvířil nejrůznější špínu.

Toute cette saleté lui collait à la peau : poussière, cheveux, restes de nourriture.

Všechna ta špína se na něm lepila; prach, vlasy, zbytky jídla.

Il aurait pu frotter la saleté contre le tapis.

Mohl tu špínu setřít o koberec.

C'était quelque chose qu'il faisait plusieurs fois par jour.

Tohle dělal několikrát denně.

Mais son indifférence à tout était bien trop grande.

Ale jeho lhostejnost ke všemu byla až příliš velká.

Il n'avait donc pas peur d'aller un peu plus loin.

Takže se nebál posunout o kousek dál.

Et il s'est installé sur le sol impeccable du salon.

A přesunul se na bezvadnou podlahu obývacího pokoje.
Cependant, personne ne l'a remarqué, ni ne lui a prêté attention.
Nikdo si ho však nevšiml, ani mu nevěnoval pozornost.
La famille était complètement absorbée par le concert.
Rodina byla koncertem zcela pohlcena.
Les messieurs, quant à eux, ont d'abord battu en retraite.
Pánové naopak zpočátku ustoupili.
Et ils se tenaient tout près, derrière le pupitre de la sœur.
A stáli těsně za sestřiným notovým pultem.
S'ils avaient regardé, ils auraient pu voir les notes de musique.
Kdyby se podívali, mohli vidět noty.
Cela aurait évidemment perturbé la sœur.
To by samozřejmě sestru znepokojilo.
Alors, au lieu de s'asseoir, ils restèrent debout près de la fenêtre.
Pak se postavili k oknu, místo aby si sedli.
Les mains dans les poches, ils continuaient à parler.
S rukama v kapsách nepřestávali mluvit.
Ils restèrent là tandis que le père les observait avec anxiété.
Zůstali tam, zatímco je otec úzkostlivě pozoroval.
On avait l'impression qu'ils avaient d'autres attentes.
Člověk měl dojem, že měli jiná očekávání.
Et il semblait vraiment qu'ils avaient été déçus.
A opravdu se zdálo, že byli zklamaní.
Il semblait qu'ils en avaient assez du spectacle.
Zdálo se, že už měli toho výkonu dost.
Ils avaient laissé le violon troubler leur tranquillité.
Dovolili, aby housle narušily jejich klid.
Et ils ne toléraient la musique que par politesse.
A hudbu tolerovali jen ze zdvořilosti.
La façon dont ils ont dissipé la fumée était particulièrement troublante.
To, jak odfoukli kouř, bylo obzvláště znepokojivé.
Et pourtant, elle jouait du violon avec une telle beauté.
A přesto hrála na housle tak krásně.

Son visage était légèrement incliné sur le côté, sur le violon.

Její tvář byla jemně nakloněna na stranu, na houslích.

Son regard parcourait tristement les lignes de la musique.

Její oči smutně pátraly po notových liniích.

Gregor se sentait un peu plus attiré par le salon.

Gregor se cítil trochu víc vtažen do obývacího pokoje.

Il gardait la tête près du sol, mais regardait vers le haut.

Držel hlavu blízko země, ale díval se vzhůru.

Peut-être que de cette façon, le regard de sa sœur croiserait le sien.

Možná by se takhle mohl setkat pohled jeho sestry s jeho očima.

Peut-on vraiment dire qu'il n'était qu'un animal ?

Dá se opravdu říct, že byl jen zvíře?

Était-il un animal si la musique pouvait le captiver à ce point ?

Byl snad zvířetem, když ho hudba dokázala tak uchvátit?

Il avait l'impression qu'on lui montrait un chemin vers une nourriture inconnue.

Cítil se, jako by mu byla ukázána cesta k neznámé výživě.

C'était peut-être là le réconfort qui lui manquait.

Možná to byla právě ta obživa, která mu chyběla.

Il était déterminé à rejoindre sa sœur.

Byl odhodlaný vydat se ke své sestře.

Il avait envie de tirer sur sa jupe pour attirer son attention.

Chtěl ji zatáhnout za sukni, aby upoutal její pozornost.

Il voulait lui faire comprendre qu'il l'invitait.

Chtěl jí naznačit pozvání.

« Viens jouer du violon dans ma chambre », aurait-il voulu dire.

„Pojď si zahrát na housle do mého pokoje," chtěl říct.

Il souhaitait qu'elle soit récompensée pour sa magnifique musique.

Chtěl, aby byla odměněna za její krásnou hudbu.

« Personne ici ne te récompense pour jouer du violon. »

„Nikdo tě tady neodměňuje za to, že hraješ na housle."

Il ne voulait plus la laisser sortir de sa chambre.

Už ji nechtěl pustit ze svého pokoje.

Il voulait qu'elle reste avec lui aussi longtemps qu'il vivrait.

Chtěl, aby s ním zůstala tak dlouho, jak bude žít.

Pour la première fois, sa transformation eut un avantage.

Poprvé jeho proměna měla prospěch.

Sa difformité allait enfin lui être utile.

Jeho deformace se mu konečně měla stát užitečnou.

Il voulait être présent simultanément aux quatre portes.

Chtěl být u všech čtyř dveří současně.

Il avait envie de les siffler et de leur cracher dessus de tous les côtés.

Chtěl na ně syčet a plivat ze všech stran.

Sa sœur ne devrait pas être forcée de rester avec lui.

Jeho sestra by neměla být nucena s ním zůstat.

Il voulait qu'elle choisisse volontairement de rester avec lui.

Chtěl, aby se dobrovolně rozhodla s ním zůstat.

Elle allait s'asseoir à côté de lui et se pencher vers lui.

Chtěla si sednout vedle něj a sklonit se k němu.

Et il allait lui parler de l'école de musique.

A chystal se jí říct o hudební škole.

Il avait la ferme intention de l'envoyer à l'académie.

Měl pevný úmysl poslat ji na akademii.

Il en aurait parlé à tout le monde à Noël dernier.

Řekl by o tom všem o minulých Vánocích.

Noël était-il déjà passé ?

Opravdu už Vánoce přišly a zase odešly?

Et il n'aurait laissé personne le dissuader.

A nenechal by se nikým odradit od toho.

Mais un accident malheureux a tout arrêté.

Pak ale všechno zastavila nešťastná nehoda.

La sœur aurait été submergée par l'émotion.

Sestru by přemohly emoce.

Et Gregor aurait alors grimpé jusqu'à son épaule.

A pak by jí Gregor vylezl až na rameno.

Et il l'aurait réconfortée en l'embrassant dans le cou.

A utěšil by ji políbením na krk.

« Monsieur Samsa ! » appela l'homme au milieu au père.

„Pane Samso!" zavolal muž uprostřed na otce.

Il pointait Gregor du doigt.

Ukazoval ukazováčkem dolů na Gregora.

Gregor traversait lentement le salon.

Gregor se pomalu pohyboval po podlaze obývacího pokoje.

Le jeu du violon s'est très vite tu.

Hra na housle velmi rychle utichla.

Celui du milieu sourit à ses amis.

Prostřední ze tří mužů se na své přátele usmál.

Puis il secoua la tête et regarda Gregor.

Pak zavrtěl hlavou a podíval se zpět na Gregora.

Le père aurait pu forcer Gregor à retourner dans sa chambre.

Otec mohl Gregora donutit vrátit se do jeho pokoje.

Mais ce n'était pas la première action qu'il décida d'entreprendre.

Ale to nebyl první krok, pro který se rozhodl.

Il estimait qu'il était plus important de calmer ces messieurs.

Myslel si, že důležitější je uklidnit pány.

Bien qu'ils ne fussent pas vraiment contrariés par Gregor.

I když je Gregor vůbec nerozčiloval.

Gregor semblait plus divertissant que le jeu de violon.

Gregor se zdál zábavnější než hra na housle.

Il s'est précipité vers eux, les bras tendus.

S rozpaženýma rukama se k nim rozběhl.

Il faisait de son mieux pour leur cacher la vue de Gregor.

Snažil se ze všech sil zakrýt jejich pohled na Gregora.

Et il a essayé de les faire retourner dans leur chambre.

A snažil se je povzbudit, aby se vrátili do svého pokoje.

Au contraire, cela les a un peu agacés.

Spíše je to trochu naštvalo.

Mais il était difficile de dire exactement ce qui les agaçait.

Ale bylo těžké říct, co přesně je naštvalo.

Le père gâchait le divertissement de la soirée.

Otec kazil zábavu večera.

Mais ils venaient aussi d'apprendre l'existence de leur nouveau colocataire.

Ale také se právě dozvěděli o svém novém spolubydlícím.

Ils levèrent les mains comme l'avait fait leur père.
Zvedli ruce stejně jako to udělal otec.
Ils ont exigé une explication immédiate du père.
Požadovali od otce okamžité vysvětlení.
Ils tiraient nerveusement sur leur barbe, cherchant une réponse.
Neklidně si tahali za vousy, aby se dozvěděli odpovědi.
Et ils reculèrent jusqu'à leur chambre, mais très lentement.
A couvali do svého pokoje, ale velmi pomalu.
L'interruption avait plongé la sœur dans une sorte de transe.
Vyrušení uvedlo sestru do transu.
Elle laissa pendre le violon et l'archet le long de son corps.
Nechala housle a smyčec viset podél těla.
Et elle regarda la partition comme si elle jouait encore.
A dívala se na notový zápis, jako by stále hrál.
Mais soudain, elle est revenue dans la pièce.
Ale pak se náhle vrátila zpátky do místnosti.
Et elle avait désormais surmonté le sentiment d'être perdue.
A teď už překonala pocit ztracenosti.
Elle a posé l'instrument de musique sur les genoux de sa mère.
Položila hudební nástroj matce na klín.
La mère était assise sur la chaise, respirant bruyamment.
Matka seděla na židli a těžce oddechovala.
Et puis la sœur a dû courir dans la pièce voisine.
A pak sestra musela běžet do vedlejší místnosti.
Elle devait tout préparer pour les messieurs.
Musela pro pány připravit všechno.
Elle a jeté les couvertures et les coussins en l'air.
Vyhodila deky a polštáře do vzduchu.
Et de ses mains expertes, elle a disposé toute la literie.
A svýma šikovnýma rukama ustlala veškeré ložní prádlo.
Elle avait terminé avant que les messieurs n'atteignent la pièce.
Dokončila dřív, než pánové dorazili do místnosti.
Et elle s'est éclipsée avant de les gêner.
A vyklouzla ven, než se jim dostala do cesty.

Le père semblait prisonnier de son propre entêtement.

Otec se zdál být ovládnut vlastní tvrdohlavostí.

Et il oublia ainsi tout le respect qu'il devait à ses locataires.

A tak zapomněl na veškerou úctu, kterou dlužil svým nájemníkům.

Il a insisté sans relâche jusqu'à ce que leur porte-parole s'y oppose.

Tlačil a tlačil, dokud jejich mluvčí neprotestoval.

Il a tapé du pied avec colère en arrivant à la porte.

Když došel ke dveřím, rozzlobeně dupl nohou.

Et c'est ainsi qu'il immobilisa le père.

A tím otce zarazil.

« Par la présente, je déclare », commença-t-il en s'adressant à son propriétaire.

„Tímto prohlašuji," začal se obracet ke svému hostinskému.

Et il leva la main, regardant toute la famille.

A zvedl ruku a podíval se na celou rodinu.

« En ce qui concerne l'état répugnant de la chambre ; »

„Pokud jde o nechutné podmínky v místnosti;"

Et il s'assurait que tous écoutaient ses paroles.

A ujistil se, že všichni naslouchají jeho slovům.

« Par la présente, je vous informe que je vais libérer ma chambre. »

"Tímto oznamuji, že vyklidím svůj pokoj."

Et il a appuyé son propos en crachant par terre.

A svůj argument dále podpořil plivnutím na zem.

« Je ne paierai pas non plus pour les jours que j'ai passés ici. »

„Ani nezaplatím za dny, které jsem tady prožil."

Il n'était cependant pas entièrement satisfait de ce remboursement.

S touto náhradou však nebyl zcela spokojen.

« Et j'envisagerai de formuler d'autres demandes à votre encontre. »

„A zvážím, zda na vás vznesu další požadavky."

« Croyez-moi, de telles demandes seront très faciles à justifier. »

„Věřte mi, že takové požadavky se budou velmi snadno ospravedlnit."

Il resta silencieux et regarda droit devant lui, vers son père.

Mlčel a díval se přímo před sebe na otce.

Il semblait s'attendre à ce qu'il se passe quelque chose de plus.

Zdálo se, že čeká, že se stane něco víc.

En fait, ses deux amis ont immédiatement eu la même idée.

Vlastně jeho dva přátelé okamžitě dostali stejný nápad.

« Nous annulons également nos réservations de chambres », ont-ils déclaré à l'unisson.

„Také rušíme naše pokoje," řekli jednohlasně.

Il a alors saisi la poignée de la porte et l'a fermée.

Pak chytil kliku a zavřel dveře.

Et dans un grand fracas, ils s'enfermèrent dans leur chambre.

A s hlasitou ránu se zavřeli ve svém pokoji.

Le père s'est dirigé en titubant vers sa chaise, les mains tâtonnantes.

Otec se s roztřesenýma rukama potácel k židli.

Et il se laissa tomber sur la chaise, vaincu.

A poraženě se zřítil do křesla.

On aurait dit qu'il allait faire sa sieste habituelle du soir.

Vypadalo to, jako by si šel zdřímnout jako obvykle večer.

Mais sa tête hocha presque comme si elle n'était pas soutenue.

Ale jeho hlava přikývla, jako by neměla žádnou oporu.

Et on pouvait voir qu'il ne dormait pas du tout.

A bylo vidět, že vůbec nespal.

Durant tout ce temps, Gregor n'avait pas bougé de sa place.

Po celou tu dobu se Gregor nepohnul z místa.

Il était toujours là où les messieurs l'avaient aperçu pour la première fois.

Stále byl tam, kde ho pánové poprvé viděli.

Même s'il avait voulu déménager, il trouvait cela impossible.

I kdyby se chtěl pohnout, zjistil, že je to nemožné.

À cause de sa déception, ou à cause de sa faim.

Kvůli svému zklamání, nebo kvůli svému hladu.

Il était déçu par l'échec de son plan.

Byl zklamaný z neúspěchu svého plánu.

Et il était affaibli par la faim persistante qu'il ressentait.

A byl slabý z dlouhodobého hladu, který cítil.

Il était certain que tout le monde se retournerait contre lui à tout moment.

Byl si jistý, že se proti němu každou chvíli všichni obrátí.

C'est avec cette certitude d'un effondrement imminent qu'il attendit.

S tímto očekáváním bezprostředního zhroucení čekal.

Le violon commença à glisser des genoux de sa mère.

Housle začaly matce sklouzávat z klína.

Dans un fracas retentissant, le violon tomba au sol.

S dunivým zvukem housle dopadly na zem.

Mais même ce bruit soudain et fracassant ne l'a pas surpris.

Ale ani tento náhlý třesk ho nevylekal.

« Chers parents, dit la sœur, cela ne peut pas continuer. »

„Drazí rodiče," řekla sestra, „takhle tohle nemůže pokračovat."

Et elle a frappé du poing sur la table pour appuyer ses propos.

A práskla rukou do stolu, aby dala najevo svůj názor.

« Je ne prononcerai pas le nom de mon frère devant ce monstre. »

„Před touhle zrůdou nevyslovím jméno svého bratra."

« C'est pourquoi je le dis aussi crûment que possible : »

„Proto to říkám tak otevřeně, jak jen to jde:"

«Nous n'avons pas d'autre choix que de nous débarrasser de cet animal.»

"Nemáme jinou možnost, než se toho zvířete zbavit."

« Nous avons fait de notre mieux pour tolérer et prendre soin de cet animal. »

"Snažili jsme se ze všech sil tolerovat toto zvíře a starat se o něj."

« Je ne pense pas que quiconque puisse nous blâmer, même légèrement. »

"Myslím, že nás nikdo nemůže ani v nejmenším vinit."

« Elle a mille fois raison », a acquiescé le père.

„Má tisíckrát pravdu," souhlasil otec.

La mère n'avait pas encore complètement repris son souffle.

Matka se stále ještě úplně nezotavila z dechu.

Elle se mit à tousser sourdement dans sa main, la respiration lourde.

Začala tupě kašlat do ruky a těžce oddechovala.

Et une expression de folie commença à apparaître dans ses yeux.

A v jejích očích se začal objevovat šílený výraz.

La sœur s'est précipitée vers sa mère et lui a pris le front.

Sestra se vrhla k matce a chytila ji za čelo.

Les paroles de la sœur semblaient inspirer le père.

Otec se zdál být inspirován slovy sestry.

Et ses pensées semblaient plus claires qu'auparavant.

A jeho myšlenky se zdály být jasnější než dříve.

Il cessa d'acquiescer et se redressa.

Přestal přikyvovat hlavou a znovu se posadil.

Et il jouait avec la casquette de son serviteur, plongé dans ses pensées.

A hrál si s čepicí svého sluhy, hluboce zamyšlený.

Les assiettes des locataires étaient encore sur la table.

Talíře od nájemníků byly stále na stole.

Et il regardait parfois vers Gregor, qui restait silencieux.

A občas se podíval směrem k mlčenlivému Gregorovi.

« Nous devons essayer de nous en débarrasser », lui dit sa sœur.

„Musíme se toho pokusit zbavit," řekla mu sestra.

La mère était trop occupée à tousser pour écouter.

Matka byla příliš zaneprázdněná kašláním, než aby poslouchala.

« Ça va vous tuer tous les deux, je le vois déjà venir. »

„Zabije vás to oba, už to vidím."

«Nous ne pouvons pas tous continuer à travailler aussi dur que nous le faisons.»

"Nemůžeme všichni dál pracovat tak tvrdě, jako pracujeme."

« Et chaque jour, nous devons rentrer chez nous et subir ce supplice. »

„A každý den se musíme vracet domů k tomuto mučení.“

« Nous n'en pouvons plus. Je n'en peux plus. »

„Už to dál nevydržíme. Já to nevydržím.“

Elle s'est effondrée dans les bras de sa mère, en larmes une dernière fois.

V posledním záchvatu pláče padla k matce.

Les larmes coulèrent sur son visage et sur celui de sa mère.

Slzy jí stékaly po tváři a dopadaly na matčinu.

Et elle essuya ses larmes d'un geste machinal.

A mechanickým pohybem si setřela slzy.

« Mon enfant », dit le père d'une voix compatissante.

„Dítě moje,“ řekl otec soucitným hlasem.

Il y avait une profonde sympathie et une grande compréhension dans sa voix.

V jeho hlase zazněl hluboký soucit a pochopení.

« Mais que devons-nous faire ? » avoua-t-il ne pas savoir.

„Ale co bychom měli dělat?“ přiznal, že neví.

La sœur haussa simplement les épaules, impuissante.

Sestra jen bezmocně pokrčila rameny.

Et sa confiance d'antan fit de nouveau place aux larmes.

A její dřívější sebevědomí opět vystřídaly slzy.

« Si seulement il nous comprenait », dit le père à voix haute.

„Kéž by nám jen rozuměl,“ řekl otec nahlas.

Et il se demandait à moitié si Gregor avait compris.

A téměř se ptal, jestli Gregor možná rozumí.

La sœur lui a secoué la main violemment en pleurant.

Sestra jí jen s pláčem prudce potřásla rukou.

Elle a donc indiqué qu'il ne fallait pas envisager cette idée.

A tak naznačila, že by se o této myšlence nemělo uvažovat.

« Mais si seulement il nous comprenait », répéta le père.

„Ale kdyby nám jen rozuměl,“ opakoval otec.

Les yeux fermés, il réfléchit à la réponse de sa sœur.

Zavřel oči a přemýšlel o sestřině odpovědi.

« S'il comprenait qu'un accord pouvait être conclu avec lui. »

„Kdyby pochopil, dala by se s ním dohoda.“

« Mais vu la situation actuelle… »

„Ale když jsou věci takové, jaké jsou…“

«Il faut l'enlever,» s'écria la sœur, «c'est la seule solution.»

„Musí to pryč,“ zvolala sestra, „je to jediná cesta.“

«Il faut vous débarrasser de l'idée que c'est Gregor.»

„Musíš se zbavit myšlenky, že je to Gregor.“

« Notre véritable malheur, c'est d'y avoir cru si longtemps. »

„Že jsme tomu tak dlouho věřili, je naše skutečné neštěstí.“

« Mais comment est-ce possible que ce soit Gregor ? » demanda-t-elle à son père.

„Ale jak by to mohl být Gregor?“ zeptala se otce.

« Il savait qu'un tel animal ne pouvait pas coexister avec les humains. »

„Věděl, že takové zvíře nemůže koexistovat s lidmi.“

« Gregor nous aurait quittés depuis longtemps, volontairement. »

„Gregor by nás už dávno opustil, dobrovolně.“

« C'est vrai, nous n'aurions alors plus de frère. »

„To je pravda, pak bychom neměli bratra.“

« Mais nous pourrions continuer à vivre et à honorer sa mémoire. »

„Ale mohli bychom dál žít a ctít jeho památku.“

« Mais cette bête nous poursuit et chasse nos locataires. »

„Ale tahle bestie nás pronásleduje a odhání naše nájemníky.“

« De toute évidence, il veut s'emparer de tout l'appartement. »

"Je zřejmé, že chce obsadit celý byt."

« Cette bête veut nous faire dormir dans la rue. »

„Tahle bestie nás chce nechat spát na ulici.“

« Regarde, papa, » s'écria-t-elle soudain, « il bouge à nouveau ! »

„Podívej, otče,“ zvolala náhle, „zase se hýbe!“

Et elle fit quelque chose que même Gregor ne put comprendre.

A udělala něco, čemu ani Gregor nemohl porozumět.

Elle se repoussa, comme pour sacrifier sa mère.

Odstrčila se, jako by obětovala matku.

Et elle a couru derrière son père pour trouver une sorte de sécurité.

A běžela za svým otcem, aby se uchýlila k nějakému bezpečí.

Le père n'était agité que parce que sa fille l'était.

Otec byl rozrušený jen proto, že byla rozrušená i jeho dcera.

Mais lui aussi se leva et leva les bras au-dessus d'elle.

Ale pak se také postavil a zvedl nad ni ruce.

Mais Gregor n'avait aucune intention d'effrayer qui que ce soit.

Gregor ale neměl v úmyslu nikoho vyděsit.

Il n'avait surtout aucune intention d'effrayer sa sœur.

Zvlášť ho nenapadlo vyděsit svou sestru.

Il essayait simplement de faire demi-tour pour retourner dans sa chambre.

Jen se snažil otočit zpátky do svého pokoje.

Mais, compte tenu de l'aggravation de son état, même cela devenait difficile.

Ale v jeho zhoršujícím se stavu bylo i to obtížné.

Et il ne pouvait plus se servir pleinement de ses jambes.

A už nemohl plně využívat všechny své nohy.

Il utilisa donc sa tête pour soulever son corps et se retourner.

Takže použil hlavu k zvedání těla a otáčení.

Il marqua une pause et chercha l'approbation de sa famille du regard.

Odmlčel se a rozhlédl se kolem sebe, čeká ho souhlas rodiny.

Il semble que sa bonne intention ait été reconnue.

Zdálo se, že jeho dobrý úmysl byl rozpoznán.

Son mouvement ne leur avait procuré qu'un choc momentané.

Jeho pohyb pro ně byl jen chvilkovým šokem.

À présent, ils le regardaient tous en silence, visiblement malheureux.

Teď se na něj všichni dívali v nešťastném tichu.

La mère était toujours allongée dans le fauteuil, épuisée.

Matka stále vyčerpaně ležela v křesle.

Le père et la sœur étaient assis l'un à côté de l'autre.

Otec a sestra seděli vedle sebe.

« Peut-être qu'ils me laisseront faire demi-tour maintenant »,
pensa Gregor.

„Možná mě teď nechají otočit,“ pomyslel si Gregor.

Et il continua à effectuer son mouvement de rotation
maladroit.

A pokračoval ve svém neohrabaném otáčení.

Il ne pouvait réprimer les halètements occasionnels dus à
l'effort.

Nedokázal potlačit občasné vzdechy z námahy.

Et il a été contraint de se reposer à plusieurs reprises entre-
temps.

A mezi tím byl nucen si párkrát odpočinout.

Plus personne ne le pressait ; c'était à lui de décider.

Nikdo ho teď nenutil spěchat; bylo to na něm.

Finalement, il acheva ce virage lent et douloureux.

Nakonec dokončil pomalou a bolestivou zatáčku.

Il se dirigea aussitôt vers sa chambre.

Okamžitě se začal vracet rovnou do svého pokoje.

Il était stupéfait de la distance qui le séparait de sa chambre.

Byl ohromen tím, jak daleko byl od svého pokoje.

Comment, malgré sa faiblesse, avait-il réussi à y parvenir
auparavant ?

Jak se tam, i přes svou slabost, dostal už dříve?

Il avait emprunté presque le même chemin sans s'en
apercevoir.

Šel téměř stejnou cestou, aniž by si toho všiml.

Il se concentrait simplement sur le fait de ramper aussi vite
qu'il le pouvait.

Soustředil se jen na to, aby se plazil tak rychle, jak jen mohl.

L'absence de commentaires ne le dérangeait pas.

Absence komentářů od kohokoli ho nerušila.

Ce n'est que lorsqu'il fut déjà à l'intérieur qu'il tourna la
tête.

Teprve když už byl ve dveřích, otočil hlavu.

Mais il n'a pas pu se retourner complètement.

Ale nedokázal se otočit a úplně se ohlédnout.

Car il sentit sa nuque se raidir encore davantage en se tournant.

Protože cítil, jak mu při otočení ještě víc ztuhl krk.

Mais il constata que rien n'avait changé derrière lui.

Ale viděl, že se za ním stejně nic nezměnilo.

La seule différence, c'est que sa sœur s'était levée.

Jediný rozdíl byl v tom, že se jeho sestra postavila.

Son dernier regard lui montra que sa mère s'était endormie.

Jeho poslední pohled ukázal, že jeho matka usnula.

Dès qu'il fut entré dans sa chambre, la porte fut fermée.

Jakmile byl ve svém pokoji, dveře se zavřely.

Et dès que la porte fut fermée, le verrouilla.

A jakmile se dveře zavřely, zámek byl zamčený.

Gregor fut effrayé par le bruit inattendu derrière lui.

Gregora vyděsil nečekaný hluk za ním.

Et ses jambes fléchirent sous lui, surprises par la soudaineté.

A nohy se mu pod tím náhlým překvapením podlomily.

C'est sa sœur qui s'était précipitée vers la porte derrière lui.

Byla to sestra, která se za ním rozběhla ke dveřím.

Elle s'était déjà dressée, et l'attendait.

Už tam stála vzpřímeně a čekala na něj.

Elle fit alors un petit saut en avant sans que Gregor ne l'entende.

Pak lehce skočila vpřed, aniž by ji Gregor slyšel.

« Enfin ! » s'écria-t-elle en tournant la clé.

„Konečně!" zvolala nahlas a otočila klíčem.

« Et maintenant ? » se demanda Gregor, seul dans l'obscurité.

„Co teď?" ptal se Gregor sám sebe ve tmě.

Il s'aperçut bientôt qu'il ne pouvait plus bouger du tout.

Brzy zjistil, že se už vůbec nemůže hýbat.

Mais son immobilité ne le surprenait pas vraiment.

Ale jeho nehybnost ho vlastně nepřekvapila.

Pouvoir se déplacer sur des jambes aussi fines semblait ridicule.

Možnost pohybu na tak tenkých nohách se zdála směšná.

Il ne savait pas comment il avait pu y parvenir.

Nevěděl, jak to vůbec mohl udělat.

Mais à part ça, il se sentait relativement à l'aise.

Ale kromě toho se cítil relativně pohodlně.

Il est vrai qu'il ressentait une douleur intense dans tout le corps.

Je pravda, že cítil hlubokou bolest v celém těle.

Mais la douleur semblait s'atténuer de plus en plus.

Ale bolest se zdála být čím dál slabší.

Et il avait l'impression que la douleur finirait par disparaître.

A cítil, že bolest nakonec zmizí.

Il sentait à peine la pomme pourrie dans son dos.

Už sotva cítil to shnilé jablko v zádech.

Il repensa à sa famille avec émotion et amour.

S dojetím a láskou vzpomínal na svou rodinu.

Il ressentait les émotions de sa sœur encore plus intensément qu'elle.

Cítil emoce své sestry ještě víc než ona sama.

Elle avait raison ; il devait partir.

Měla pravdu v tom, co řekla; musel odejít.

Il passa quelque temps dans cet état désert et paisible.

Strávil nějaký čas v tomto prázdném a klidném stavu.

L'horloge sonna trois fois, doucement mais fermement.

Hodiny odbily třikrát, tiše, ale pevně.

Gregor fut doucement tiré de ses pensées.

Gregor byl jemně vytržen ze svých úvah.

Il regarda la lumière du matin pénétrer lentement dans sa chambre.

Sledoval, jak ranní světlo pomalu vstupuje do jeho pokoje.

Puis sa tête s'affaissa complètement, malgré lui.

Pak mu hlava úplně klesla, bez jeho vůle.

Et son dernier souffle s'échappa faiblement de ses narines.

A jeho poslední dech slabě vytekl z jeho nosních dírek.

La femme de chambre est entrée dans sa chambre tôt le matin.

Služebná přišla do jeho pokoje brzy ráno.

Elle n'a rien trouvé d'inhabituel lors de sa courte visite habituelle.

Během své obvyklé krátké návštěvy nenašla nic neobvyklého.

À bout de forces et dans la précipitation, elle claqua toutes les portes.

Z dojmu síly a spěchu práskla všemi dveřmi.

Il était impossible de dormir paisiblement dans tout l'appartement.

V celém bytě nebylo možné klidně spát.

On lui avait demandé d'éviter de faire cela le matin.

Byla požádána, aby to ráno nedělala.

Elle pensait qu'il restait allongé là, immobile, exprès.

Myslela si, že tam tak nehybně leží schválně.

Peut-être voulait-il lui montrer qu'il était offensé.

Možná jí chtěl ukázat, že se urazil.

Elle lui faisait confiance et pensait qu'il était doté d'une intelligence hors du commun.

Věřila, že má veškeré znalosti.

Il se trouve qu'elle tenait le long balai à la main.

Shodou okolností držela v ruce dlouhé koště.

Alors, depuis la porte, elle essaya de chatouiller un peu Gregor.

Takže od dveří se pokusila Gregora trochu polechtat.

Elle était un peu agacée qu'il ne réponde pas du tout.

Trochu ji štvalo, že vůbec nereagoval.

Alors cette fois, elle le poussa un peu plus fermement.

Takže ho tentokrát zatlačila trochu pevněji.

Comme il n'opposait aucune résistance, elle l'examina de plus près.

Když nejevil žádný odpor, podívala se pozorněji.

Elle comprit rapidement ce qui était réellement arrivé à Gregor.

Brzy si uvědomila, co se Gregorovi doopravdy stalo.

Elle ouvrit davantage les yeux et siffla pour elle-même.

Otevřela oči doširoka a zapískala si pro sebe.

Mais elle n'a pas tardé à ouvrir la porte.

Ale neztrácela mnoho času a otevřela dveře.

Et elle cria d'une voix forte dans l'obscurité :

A zvolala hlasitým hlasem do tmy:

«Viens voir, il est là, complètement mort.»

„Pojď se podívat, leží tamhle, úplně mrtvý.“

Les deux parents étaient assis bien droits dans leur lit conjugal.

Oba rodiče seděli vzpřímeně ve své manželské posteli.

Il leur fallait d'abord surmonter le choc du bruit.

Nejdříve museli překonat šok z hluku.

Mais peu à peu, ils ont commencé à comprendre son message.

Ale pak pomalu začali chápat její poselství.

Monsieur et Madame Samsa ont chacun sauté de leur côté du lit.

Pan a paní Samsovi vyskočili každý ze své strany postele.

M. Samsa jeta l'épaisse couverture sur ses épaules.

Pan Samsa si přehodil přes ramena tlustou deku.

Et Mme Samsa sortit vêtue uniquement de sa chemise de nuit.

A paní Samsová vyšla ven jen v noční košili.

C'est ainsi qu'ils entrèrent dans la chambre de Gregor.

A tak vešli do Gregorova pokoje.

Entre-temps, la porte du salon s'était également ouverte.

Mezitím se otevřely i dveře do obývacího pokoje.

Grete y dormait depuis l'emménagement des locataires.

Grete tam spala od chvíle, kdy se sem nastěhovali nájemníci.

Elle était entièrement habillée comme si elle n'avait pas dormi du tout.

Byla úplně oblečená, jako by vůbec nespala.

Son visage pâle semblait également témoigner de son manque de sommeil.

Její bledý obličej také jako by dokazoval nedostatek spánku.

« Il est mort ? » demanda Mme Samsa en regardant la bonne.

„Je mrtvý?“ zeptala se paní Samsová a podívala se na služebnou.

Elle aurait pu le confirmer en le regardant elle-même.

Mohla si to ověřit, kdyby se na něj sama podívala.

« Je le crois », dit la bonne en ramassant le balai.

„Myslím, že ano," řekla služebná a zvedla koště.

Et elle a poussé son corps sur une longue distance à travers le sol.

A ona jeho tělo odstrčila dlouhou cestu po podlaze.

Mme Samsa fit un mouvement comme si elle voulait l'arrêter.

Paní Samsová udělala pohyb, jako by ji chtěla zastavit.

Mais finalement, elle a laissé la bonne faire glisser Gregor.

Ale nakonec nechala služebnou, aby Gregora posouvala.

« Eh bien, » dit M. Samsa, « enfin nous pouvons remercier Dieu. »

„No," řekl pan Samsa, „konečně můžeme poděkovat Bohu."

Il fit le signe de croix : tête, poitrine, épaules.

Udělal znamení kříže; hlavu, hruď, ramena.

Et les trois femmes suivirent son exemple religieux.

A ty tři ženy následovaly jeho náboženský příklad.

Grete, qui ne quittait pas le cadavre des yeux, dit :

Greta, která nespouštěla oči z mrtvoly, řekla:

«Regardez comme il est maigre, il n'a pas mangé depuis si longtemps.»

"Podívej, jak byl hubený, tak dlouho nejedl."

« La nourriture que je lui laissais chaque matin restait toujours intacte. »

„Jídlo, které jsem mu každé ráno nechával, bylo vždycky nedotčené."

En fait, le corps de Gregor était complètement plat et sec.

Gregorovo tělo bylo ve skutečnosti úplně ploché a suché.

C'était plus visible maintenant qu'il était au sol.

Teď, když byl na zemi, to bylo viditelnější.

Parce que son corps n'était plus soutenu par ses jambes.

Protože jeho tělo už nemohly nést nohy.

Et parce que rien d'autre ne venait distraire la vue.

A protože nic jiného nerušilo výhled.

«Viens avec nous un moment, Grete», dit Mme Samsa.

„Pojď na chvíli k nám, Greto," řekla paní Samsová.

Un sourire douloureux se dessinait sur ses lèvres lorsqu'elle parlait.

Když mluvila, na rtech se jí mihl bolestný úsměv.

Grete les suivit, mais jeta aussi un coup d'œil en arrière au cadavre.

Grete je následovala, ale také se ohlédla na mrtvolu.

La bonne ferma la porte et ouvrit grand la fenêtre.

Služebná zavřela dveře a úplně otevřela okno.

Il était encore tôt, l'air était donc normalement froid.

Bylo ještě brzy, takže vzduch by normálně měl být studený.

Mais il y avait aussi un mélange de chaleur dans l'air froid.

Ale ve studeném vzduchu byla také příměs tepla.

Comme un doux rappel que c'était désormais la fin du mois de mars.

Jako jemná připomínka, že už je konec března.

Les trois locataires sortirent alors eux aussi de leur chambre.

I tři nájemníci nyní vyšli ze svého pokoje.

Ils cherchèrent leur petit-déjeuner avec étonnement.

S úžasem se rozhlédli kolem a čekali na snídani.

Le petit-déjeuner a été oublié à cause de ce que la femme de chambre a trouvé.

Na snídani se zapomnělo kvůli tomu, co našla služebná.

« Où est le petit-déjeuner ? » grommela l'homme du milieu.

„Kde je snídaně?" zabručel prostřední pán.

La bonne porta son doigt à sa bouche pour demander le silence.

Služebná si přiložila prst k ústům, aby naznačila ticho.

Et elle salua les messieurs d'un geste rapide et silencieux.

A spěšně a tiše zamávala pánům.

La servante fit entrer les trois messieurs dans la pièce.

Služebná zavedla tři pány do pokoje.

Et elle a continué à leur expliquer ce qui s'était passé.

A dál jim vysvětlovala, co se stalo.

Et les trois messieurs se tinrent autour du corps de Gregor.

A ti tři pánové stáli kolem Gregorovy mrtvoly.

Les mains dans les poches, ils baissèrent les yeux.

S rukama v kapsách se dívali dolů.

La lumière du matin inondait désormais complètement la pièce.

Ranní světlo už pokoj zcela zaplavilo.

La porte de la chambre s'ouvrit alors et M. Samsa apparut.

Pak se dveře ložnice otevřely a objevil se pan Samsa.

D'un côté se trouvait sa femme, et de l'autre sa fille.

Na jedné straně byla jeho žena a na druhé dcera.

M. Samsa portait déjà son uniforme.

Pan Samsa už měl na sobě uniformu.

On pouvait voir qu'ils avaient tous un peu pleuré.

Bylo vidět, že všichni trochu plakali.

Grete pressa son visage contre le bras de son père.

Grete přitiskla obličej k otcově paži.

« Quittez mon appartement immédiatement ! » ordonna M. Samsa.

„Okamžitě opusťte můj byt!" nařídil pan Samsa.

Et il désigna la porte sans laisser partir les femmes.

A ukázal na dveře, aniž by ženy pustil.

« Que voulez-vous dire ? » demanda l'intermédiaire, déconcerté.

„Co tím myslíš?" zeptal se znepokojeně prostředník.

Et il fit de son mieux pour sourire gentiment à M. Samsa.

A ze všech sil se snažil na pana Samsu sladce usmát.

Les deux autres tenaient leurs mains derrière leur dos.

Ti dva další drželi ruce za zády.

Et ils se frottèrent les mains d'impatience.

A v očekávání si mnuli ruce.

Ils semblaient s'attendre à une violente dispute.

Zdálo se, že očekávají hlasitou hádku.

Mais ils semblaient se réjouir de la dispute à venir.

Ale zdálo se, že mají radost z nadcházející hádky.

Ils pensaient que le litige tournerait à leur avantage.

Mysleli si, že spor bude v jejich prospěch.

« Je maintiens exactement ce que je viens de dire », a répondu M. Samsa.

„Myslím přesně to, co jsem právě řekl," odpověděl pan Samsa.

Il marchait en ligne droite avec ses deux compagnons.

Šel v přímé linii se svými dvěma společníky.
Et M. Samsa s'est adressé directement à leur responsable.
A pan Samsa se přímo obrátil na jejich vedoucího pána.
Le monsieur resta d'abord immobile, le regard fixé au sol.
Pán nejprve stál nehybně a díval se do země.
Le contenu de sa tête était encore en train de se réorganiser.
Obsah jeho hlavy se stále urovnával.
« Très bien, nous y allons », dit-il en levant les yeux vers M. Samsa.
„Dobře, půjdeme," řekl a vzhlédl k panu Samsovi.
Une nouvelle humilité semblait l'avoir soudainement envahi.
Zdálo se, že ho náhle přemohla nová pokora.
Et il semblait demander la permission pour cette décision.
A zdálo se, že k tomuto rozhodnutí žádal o svolení.
M. Samsa ouvrit grand les yeux et hocha légèrement la tête.
Pan Samsa doširoka otevřel oči a lehce přikývl.
Les messieurs obéirent immédiatement à son ordre.
Pánové okamžitě splnili jeho rozkaz.
Et ils ont effectivement fait de longues enjambées dans le couloir.
A skutečně udělali dlouhé kroky do chodby.
Ses amis avaient déjà cessé de se frotter les mains.
Jeho přátelé si už přestali mnout ruce.
Ils avaient écouté le déroulement de la conversation.
Poslouchali, jak rozhovor probíhá.
Et maintenant, ils couraient après lui, comme pris de peur.
A teď za ním běželi, jako by se báli.
M. Samsa pourrait encore les isoler de leur chef.
Pan Samsa je možná stále izoluje od jejich vůdce.
Ils ont sorti leurs bâtons du récipient.
Vytáhli si klacíky z krabičky na klacíky.
Et ils s'inclinèrent en silence avant de quitter l'appartement.
A než opustili byt, tiše se uklonili.
M. Samsa et les deux femmes sortirent sur le parvis.
Pan Samsa a obě ženy vyšli z nádvoří.

Mais en réalité, ils n'avaient aucune raison de se méfier de ces hommes.

Ale ve skutečnosti neměli důvod mužům nedůvěřovat.

Ils s'appuyèrent sur la rambarde pour vérifier s'ils étaient partis.

Opřeli se o zábradlí, aby zkontrolovali, jestli už odešli.

Les trois messieurs descendaient effectivement les escaliers.

Ti tři pánové skutečně sestupovali po schodech.

Ils disparurent dans un virage de l'escalier.

V jistém zatáčce schodiště zmizeli.

Puis l'escalier les ramena à la vue.

A pak je schodiště znovu přivedlo do dohledu.

Ce phénomène d'apparition et de disparition se répétait à chaque étage.

Toto objevování se a mizení se opakovalo na každém patře.

Mais finalement, ils étaient presque arrivés au fond.

Ale nakonec se jim už skoro podařilo dostat se na dno.

Plus ils avançaient, moins ils étaient intéressants.

Čím dál šli, tím méně zajímaví byli.

Tout le monde est rentré à la maison, comme soulagé.

Všichni se vrátili domů, jako by se jim ulevilo.

Ils décidèrent de profiter de la journée pour se reposer et aller se promener.

Rozhodli se využít den k odpočinku a procházce.

Ils estimaient avoir mérité cette pause dans leur travail.

Cítili, že si tuto přestávku od práce zasloužili.

Non seulement ils méritaient cette pause, mais ils en avaient besoin.

Nejenže si tuhle pauzu zasloužili, ale potřebovali ji.

Ils s'assirent à table pour écrire des lettres d'excuses.

Sedli si ke stolu, aby napsali omluvné dopisy.

M. Samsa a adressé une lettre d'excuses à sa direction.

Pan Samsa napsal svému vedení omluvný dopis.

Mme Samsa a écrit sa lettre d'excuses à ses clients.

Paní Samsa napsala svým klientům omluvný dopis.

Et Grete a écrit sa lettre d'excuses à son directeur.

A Grete napsala svému řediteli omluvný dopis.

Pendant qu'ils écrivaient tous, la bonne entra dans la pièce.

Zatímco všichni psali, přišla do pokoje služebná.

Son travail du matin était terminé, elle rentrait donc chez elle.

Její ranní práce byla hotová, takže šla domů.

Les trois écrivains hochèrent d'abord la tête, sans lever les yeux.

Tři spisovatelé nejprve přikývli, aniž by vzhlédli.

Mais la bonne ne semblait pas encore vouloir partir.

Ale zdálo se, že služebná ještě nechtěla odejít.

Elle attendit un peu, jusqu'à ce que les trois écrivains lèvent les yeux.

Chvíli počkala, než ti tři spisovatelé vzhlédli.

« Eh bien ? » demanda M. Samsa, en colère, comme l'étaient les autres.

„No a co?" zeptal se pan Samsa rozzlobeně, stejně jako ostatní.

La bonne se tenait sur le seuil, un sourire aux lèvres.

Služebná stála ve dveřích s úsměvem na tváři.

Elle donnait l'impression d'avoir de bonnes nouvelles à annoncer.

Působila dojmem, že má sdělit dobrou zprávu.

Mais elle n'allait pas partager la nouvelle à moins qu'on ne le lui demande.

Ale nehodlala se o tu novinku podělit, pokud by ji o to nepožádali.

La plume d'autruche dressée sur son chapeau oscillait légèrement.

Vzpřímené pštrosí pero na jejím klobouku se lehce pohupovalo.

Cette plume d'autruche avait toujours agacé M. Samsa.

To pštrosí pero pana Samsu vždycky štvalo.

« Alors, que voulez-vous ? » demanda Mme Samsa, d'un ton ferme.

„Tak co tedy chcete?" zeptala se paní Samsová pevně.

La bonne avait encore beaucoup de respect pour Mme Samsa.

Služebná si paní Samsy stále velmi vážila.

« Oui », répondit-elle, et elle éclata d'un rire amical.

„Ano," odpověděla a přátelsky se zasmála.

Un instant, son rire l'empêcha de parler.

Na okamžik ji smích přerušil.

« Tu n'as pas à t'inquiéter pour ce qui se passe chez le voisin. »

„S tou věcí od vedle se nemusíš bát."

« J'ai déjà prévu comment nous allons nous en débarrasser. »

„Už jsem zařídil, jak se toho zbavíme."

Mme Samsa et Grete continuèrent à écrire leurs lettres.

Paní Samsa a Grete pokračovaly v psaní dopisů.

Mais M. Samsa remarqua que la bonne n'avait pas encore terminé.

Ale pan Samsa si všiml, že služebná ještě neskončila.

Elle voulait maintenant tout décrire plus en détail.

Teď chtěla všechno popsat podrobněji.

Mais il tendit la main pour repousser ses avances.

Ale natáhl ruku, aby její snahu odmítl.

Elle s'est rendu compte qu'ils n'étaient pas intéressés par ses projets.

Uvědomila si, že je její plány nezajímají.

Et puis elle se souvint de la grande précipitation dans laquelle elle avait été.

A pak si vzpomněla, jak moc spěchala.

« Ciao alors », dit-elle, insultée par ce manque d'intérêt.

„Tak ahoj," řekla, uražená nezájmem.

Mais avant de partir, elle a claqué la porte très fort.

Ale než odešla, strašně silně práskla dveřmi.

« Elle sera licenciée ce soir », a déclaré M. Samsa.

„Večer ji vyhodí," řekl pan Samsa.

Mais sa femme et sa fille étaient trop occupées pour lui répondre.

Ale jeho žena a dcera byly příliš zaneprázdněné, než aby mu odpověděly.

Parce que la bonne avait troublé leur paix nouvellement acquise.

Protože služebná narušila jejich nově nabytý klid.

La mère et la fille se levèrent pour aller à la fenêtre.

Matka a dcera vstaly, aby šly k oknu.

Et, enlacés, ils restèrent là.

A objatí se tam zůstali.

M. Samsa se tourna sur sa chaise pour les regarder.

Pan Samsa se otočil na židli, aby se na ně podíval.

Et pendant un moment, il les observa en silence, immobiles là.

A chvíli je tiše pozoroval, jak tam stojí.

Finalement, il leur cria : « Viendrez-vous à moi ? »

Nakonec na ně zavolal: „Přijdete ke mně?“

«Oublions tout ça, d'accord ?»

„Zapomeňme na všechny ty staré věci, ano?“

«Viens à moi et accorde-moi un peu d'attention.»

"Pojď ke mně a věnuj mi trochu své pozornosti."

Les deux femmes firent ce qu'il leur avait dit et se précipitèrent vers lui.

Obě ženy udělaly, jak řekl, a spěchaly k němu.

Ils lui ont fait une accolade affectueuse et l'ont embrassé.

Něžně ho objali a políbili.

Ils retournèrent rapidement pour terminer la rédaction de leurs lettres.

Rychle se vrátili, aby dopsali své dopisy.

Puis, tous les trois, ils quittèrent l'appartement ensemble.

Pak všichni tři společně odešli z bytu.

Ils n'étaient pas sortis ensemble depuis des mois.

Měsíce spolu nevycházeli z domu.

Et ils prirent le tramway jusqu'à la périphérie de la ville.

A tramvají jeli na okraj města.

Ils avaient toute la rame du tramway pour eux seuls.

Měli celý vagón tramvaje pro sebe.

La lumière du soleil inondait la pièce par la fenêtre.

Sluneční světlo svítilo dovnitř oknem zvenku.

La famille se cala confortablement dans ses sièges.

Rodina se pohodlně opřela o svá místa.

Et ils ont discuté de leurs perspectives d'avenir.

A diskutovali o vyhlídkách do budoucna.

À y regarder de plus près, leurs perspectives n'étaient pas mauvaises.

Při bližším zkoumání nebyly jejich vyhlídky špatné.

Tous les trois occupaient des emplois qui leur permettraient de gagner davantage.

Všichni tři měli zaměstnání s možností vyššího výdělku.

Ils ne s'étaient jamais interrogés l'un sur l'autre concernant leur travail.

Nikdy se jeden druhého neptali na svou práci.

Mais maintenant, ils avaient enfin le temps de discuter de ces choses-là.

Ale teď konečně měli čas o takových věcech diskutovat.

Ils avaient également la possibilité de déménager dans un appartement plus petit.

Měli také možnost přestěhovat se do menšího bytu.

Cela aurait le plus grand impact sur leur vie.

To by mělo největší dopad na jejich životy.

Leur appartement actuel avait été choisi par Gregor.

Jejich současný byt jim vybral Gregor.

Mais maintenant, ils pourraient déménager dans un endroit plus abordable.

Ale teď se mohli přestěhovat někam, kde je to dostupnější.

Un appartement plus petit, mais dans un endroit plus pratique.

Menší byt, ale někde praktičtější.

Parler de l'avenir a redonné vie à Grete.

Rozhovory o budoucnosti Grete opět oživily.

Monsieur et Madame Samsa ont également remarqué d'autres changements chez elle.

Pan a paní Samsovi si na ní všimli i dalších změn.

Ses joues étaient devenues pâles à cause de tous ses soucis.

Její tváře zbledly ze všech starostí.

Mais à présent, leur fille s'épanouissait et devenait une femme remarquable.

Ale teď se z jejich dcery stávala krásná dáma.

C'était vraiment une belle et jolie jeune femme, maintenant.

Teď to byla opravdu dobře stavěná a pohledná mladá žena.

Ses parents se turent et admirèrent leur fille.

Její rodiče ztichli a obdivovali svou dceru.

Ils échangèrent un regard, communiquant inconsciemment.

Podívali se na sebe a nevědomky komunikovali.

« Il sera bientôt temps de lui trouver un homme bien. »

„Brzy bude čas najít pro ni dobrého muže.“

Le tramway était arrivé à destination et avait ralenti.

Tramvaj dorazila do cíle a zpomalila.

Leur fille semblait confirmer leurs nouveaux rêves.

Zdálo se, že jejich dcera potvrzuje jejich nové sny.

Elle fut la première à se lever et à étirer son jeune corps.

Byla první, která se postavila a protáhla si své mladé tělo.

www.ingramcontent.com/pod-product-compliance
Lightning Source LLC
Chambersburg PA
CBHW011042190726
48290CB00011B/2957